Le retour de l'oie blanche

De la même auteure

Promets-moi un printemps, roman, Montréal, Éditions Hurtubise, 2019.

Belle comme le fleuve, roman, Montréal, Éditions Hurtubise, 2021.

Au gré des Perséides, roman, Montréal, Éditions Hurtubise, 2022.

Mélissa Perron

Le retour de l'oie blanche

Roman

Hurtubise

Catalogage avant publication de Bibliothèque et Archives nationales du Québec et Bibliothèque et Archives Canada

Titre: Le retour de l'oie blanche / Mélissa Perron.
Noms: Perron, Mélissa, auteur.
Identifiants: Canadiana 20230059821 | ISBN 9782898510397
Classification: LCC PS8631.E777 R48 2023 | CDD C843/.6—dc23

Les Éditions Hurtubise bénéficient du soutien financier du gouvernement du Québec par l'entremise du programme de crédit d'impôt pour l'édition de livres et de la Société de développement des entreprises culturelles du Québec (SODEC). L'éditeur remercie également le Conseil des arts du Canada de l'aide accordée à son programme de publication.

Financé par le gouvernement du Canada | Canada

Conception graphique: Sabrina Soto
Illustration de la couverture: Marie-Ève Turgeon
Maquette intérieure et mise en pages: Folio infographie

ISBN 978-2-89851-039-7 (version imprimée)
ISBN 978-2-89851-040-3 (version numérique PDF)
ISBN 978-2-89851-041-0 (version numérique ePub)

Dépôt légal: 3e trimestre 2023

Bibliothèque et Archives nationales du Québec
Bibliothèque et Archives Canada

Diffusion-distribution au Canada:
Distribution HMH
1815, avenue De Lorimier
Montréal (Québec) H2K 3W6
www.distributionhmh.com

Diffusion-distribution en Europe:
Librairie du Québec/DNM
30, rue Gay-Lussac
75005 Paris FRANCE
www.librairieduquebec.fr

Imprimé au Canada
www.editionshurtubise.com

À mon père qui disait
« La vie est un long fleuve de marde
qu'on traverse la bouche ouverte. »
J'espère que d'en haut,
tu as une tout autre image...

Le destin a coutume de donner
d'étranges rendez-vous.

Alessandro Baricco

La même face que l'grand criss

Je suis un enfant du viol. Celui qu'on a gardé par manque de ressources, mais surtout, pour le lui faire payer. In utero, j'ai quand même dû faire comme tout le monde : m'allonger, me recroqueviller, tourner dans le liquide amniotique. Libre. C'est après que j'ai dû apprendre à m'éclipser. Comme si ce n'était pas déjà assez, je suis né prématurément, en pleine tempête de neige. La pire de cette décennie. La saison que ma mère déteste « parce qu'on se gèle le cul icitte ». Je ne connais pas toutes les étapes de la formation d'un fœtus, mais j'ai dû merder dans le processus, car je suis né avec un tour de cordon ombilical au cou. « Mais quand même beau comme un cœur », comme disait ma grand-mère Martine. Ou Tito, comme je l'appelais.

C'est elle qui m'a élevé. À neuf mois, j'ai prononcé « maman ». C'est là qu'elles se sont battues pour la première fois. En m'entendant, Suzie m'avait sorti de ma bassinette par le bras en me disant de ne plus jamais dire ce nom-là, que Tito m'avait entraîné à dire, pensant qu'il ferait éclore la fibre maternelle de sa fille. On raconte que j'ai continué à le répéter et chaque fois que Suzie l'entendait, elle criait: « Non ! On dit pas ça ! » Son vœu a été exaucé. Je n'ai aucun souvenir d'avoir déjà appelé Suzie autrement que par son nom.

Quand ses amis et elle étaient à la maison, j'allais me terrer dans ma garde-robe, où j'avais collé des images de jouets trouvées dans le catalogue Sears. Je pouvais passer des heures à regarder la dernière navette spatiale à la mode, le vélo rouge avec le panier en avant pour mettre des GI Joe, et le bateau de pirates. Quand ils partaient, Tito cognait deux fois dans le mur. C'était notre code. J'ai compris plus tard que je devais me cacher parce que j'avais « la même tête que c'te grand criss-là ». J'étais, à ses dires, une copie conforme de celui qui avait agressé ma mère à 19 ans, et la solution facile pour ne pas gâcher sa soirée était de me cacher.

— Tito, si j'demande au père Noël une autre face, elle va-tu m'aimer ?

— Le père Noël donne des cadeaux, pas des faces…

À partir de ce moment-là, j'avais plutôt souhaité recevoir deux vélos rouges, un pour moi et l'autre pour mon voisin Sébastien qui pleurait tous les soirs. Les murs de notre appartement n'étaient pas insonorisés et nous avions toujours comme bruit de fond le quotidien de nos voisins. Les engueulades des parents et les pleurs de leurs enfants, les pleurs des parents et les engueulades des enfants. Chaque Noël, j'aurais juré qu'une simple feuille d'emballage nous séparait les uns des autres. Tous les sons étaient décuplés, les cris comme les lamentations. Au réveillon, quand on venait me réveiller à minuit, ma déception grandissait chaque fois que je développais un nouveau porte-clés, un de ceux dans le présentoir du dépanneur. Cette année-là, c'était un flamant rose avec des lunettes de soleil. Découragé, je m'étais plaint que je recevais la même chose depuis trois ans. Suzie avait passé sa main dans mes cheveux, me disant que le père Noël faisait ce qu'il pouvait. Pour une rare fois, ma mère m'avait touché la tête en souriant et j'en avais laissé tomber mon cadeau, subjugué par cette quasi-caresse. Tito était venue s'asseoir à côté de moi, près du sapin.

— Le père Noël donne des porte-clés aux enfants intelligents comme toi.

Incrédule, j'avais braqué le flamant sous son nez.

— Y a même pas de clés au boutte…

— C'est ça, c'est un message. T'en as pas besoin de clés: tu vas défoncer les portes, plus tard!

Si à huit ans je n'avais pas compris cette analogie maladroite, Suzie, elle, l'avait saisie.

— Défoncer les portes? C'est beau, m'man, la façon que tu l'invites à devenir un bum.

Je me souviens de leurs éclats de rire. Comprenant son erreur, Tito avait mis sa main sur sa bouche. C'était Noël, et une odeur de paix mélangée aux relents de mégots des cendriers pleins régnait dans l'appartement ce soir-là. J'aurais tout donné pour que ce traité soit définitif. Pendant qu'elles préparaient les sandwichs au Paris Pâté, je m'étais couché sous l'arbre pour regarder les lumières scintiller. Puis, en prenant la figurine de Jésus entre mon pouce et mon index, je lui avais murmuré :

« P'tit Jésus. J'peux-tu retourner au ciel pis revenir ? Mais pas avec la face du grand criss, OK ? »

Ce petit geste était devenu une tradition que j'avais perpétuée durant des années, sortant secrètement le divin enfant de la crèche, le temps de lui rafraîchir la mémoire.

Chaque matin je ressortais à la hâte le miroir de poche que j'avais volé dans la sacoche de Tito pour voir si mon vœu s'était réalisé. Je me serais alors rué dans la chambre de Suzie, que j'aurais pu enfin appeler « maman ». Je l'imaginais encore endormie, me regardant, les sourcils froncés, avant de reconnaître enfin son garçon, celui qui mettrait un baume sur la façon dont il avait été conçu. Elle ouvrirait ses bras pour que je lui saute au cou et au bout de quelques secondes, je reculerais et elle déposerait ses mains sur mes joues, riant aux éclats, visiblement heureuse que je sois enfin là. Elle me demanderait de l'appeler maman. J'obéirais en répétant ce nom mille fois par jour, juste pour la voir heureuse d'y répondre. Elle me dirait que je suis beau et je la croirais. C'était donc toujours crève-cœur de revoir dans le miroir les mêmes traits que la veille. Pourtant, j'aurais tout accepté. Même être d'une laideur repoussante. N'importe quoi mais ne plus me ressembler.

Comme les autres enfants du quartier, j'attendais l'autobus jaune tous les matins et je me l'imaginais géant, nous aspirant dans ses entrailles pour nous emmener en enfer. Suzie s'amusait à me dresser un portrait horrifiant de l'école, menaçant de m'y laisser pourrir avec des professeurs qui se transformaient en cannibales une fois la nuit tombée.

Malgré tout, j'aimais l'école et j'étais bon élève même si, à la maison, je ne pouvais compter sur personne pour superviser mes travaux. Tito n'avait pas la patience pour m'aider dans mes devoirs et elle s'indignait chaque fois que j'en ramenais. Pour elle, je réussissais déjà assez bien et je n'avais pas besoin d'en faire plus. J'ai compris plus tard que sa réaction découlait du fait qu'elle avait de la difficulté à lire et écrire. Même si elle l'avait voulu, elle ne m'aurait pas été d'une grande aide.

En revanche, elle m'avait appris à faire « le lunch du champion », comme elle disait, et grâce à son contenu, j'étais devenu un gars populaire. Mon sandwich à la moutarde, mon gâteau Vachon et ma liqueur faisaient toujours des envieux. Il ne me manquait qu'une boîte à lunch en métal *Top Gun* avec le thermos assorti comme Martin Croteau pour me sentir vraiment le « king du dîner », comme disait ma gang. J'aimais quand même bien mon sac de papier brun qui faisait un bruit de pétard quand je le gonflais et que je le faisais éclater en sautant dessus. Mon sac à lunch ne me faisait pas honte, contrairement au sac d'épicerie que j'avais en guise de sac d'école.

Tito avait rarement le temps ou l'argent pour me procurer des vêtements adéquats et je ne me souviens pas d'avoir été dans un magasin pour en acheter. C'était, chaque fois, une fête quand elle arrivait avec des sacs qu'elle avait volés autour de la boîte de don, au coin de notre rue. Même si la plupart du temps il n'y avait pas grand-chose à ma taille, ça ne freinait pas ma joie. J'étais le champion rouleur de bas de pantalons et de manches longues. Et en y repensant, je trouvais que ceux qui me traitaient d'épouvantail avaient raison. J'étais peut-être mal habillé, mais pas immobile comme le vulgaire mannequin de bois auquel ils me comparaient. Après quelques batailles et des visites à la direction de ma petite école, ce surnom avait évolué grâce au prof de français qui nous avait expliqué la signification de l'expression « être soupe au lait ». Au fond de la classe, Maxime Duclos avait crié :

— C'est comme Will, ça !

À partir de ce moment, on m'a appelé Ti-Lait Forest. J'aurais pu le prendre personnel, cependant je savais que ça ne faisait pas référence à mon visage mais à ma rapidité à riposter. Parfois c'est bon d'avoir une réputation. Et même si elle était exagérée et que je n'avais pas autant cassé de gueules qu'on le disait, elle m'avait permis de porter mes vêtements trop amples en paix.

C'est Tito qui m'accompagnait à l'arrêt d'autobus en me racontant des histoires de miracles. Elle sacrait tous les deux mots, descendait tous les saints du ciel quand elle était fâchée, mais vouait une admiration sans bornes à la Vierge Marie. Elle avait dans sa poche un petit médaillon à son effigie et chaque fois que je lui demandais pourquoi elle semblait y tenir autant, elle me répondait : « C'est la seule qui me juge pas et qui me pardonne. » Je ne savais pas en quoi elle devait se faire pardonner : elle assurait la subsistance de trois personnes, en plus d'aider les deux itinérants qui logeaient dans la shed.

À neuf ans, j'avais décidé de donner des surnoms à ces deux hommes qu'on appelait Bibi et Coco. Je leur avais demandé s'ils acceptaient que je les nomme plutôt Minou et Chaton. Dans ma tête d'enfant, c'était plus logique avec le nom de la ruelle des Vieux Chats. Tito s'était aussi assurée auprès d'eux que je pouvais les aborder de cette façon. L'air faussement insulté, Chaton avait grommelé en me pointant :

— J'ronronne pas souvent, tu vas voir...

Je me souviens de leur rire. Ces deux hommes faisaient partie de ma vie depuis toujours. Ils étaient mon seul public quand je devenais le meilleur joueur de hockey de la ligue nationale de la ruelle. Chaton applaudissait quand je réussissais à entrer la canne de tomate vide entre les deux poubelles, et dans ses bons jours il s'époumonait en criant « Et le buuuuuut ! », suivi chaque fois d'une quinte de toux.

Minou était plus discret, levant sa main en silence pour que j'aille taper dedans. De les voir tout à coup s'amuser à miauler et à s'appeler entre eux par les surnoms que je leur avais donnés me rendait heureux.

Ce jour-là, en rentrant à la maison, j'avais dit à Tito que moi aussi, plus tard, je serais un vieux chat de la ruelle. Elle s'était agenouillée devant moi et, en prenant mon visage entre son pouce et son majeur, elle avait serré mes joues jusqu'à me faire mal.

— R'garde-moi ben, Will. C'est pas mal d'être comme eux, mais t'es pas faite pour ça. Pense à tes porte-clés.

Mes porte-clés : un raisin avec une guitare, une patte de lapin bleue, une fausse réglisse rouge et le fameux flamant rose avec des lunettes de soleil. J'avais beau y penser et essayer de trouver des indices avec tout ça, je ne voyais aucun signe qui m'en disait plus sur mon avenir. Si j'en avais un.

Au début de l'adolescence, mon corps avait allongé de façon fulgurante. Suzie ridiculisait souvent mes bras interminables, mes cheveux frisés bruns qui m'arrivaient aux épaules et la dizaine de poils éparpillés sur mon visage. Ne pouvant pas la frapper comme je le faisais avec ceux qui m'intimidaient à l'école, j'avais trouvé une autre option : la réduire au silence en quelques mots rares et recherchés. La plupart du temps, elle ne réagissait pas quand je la traitais d'orchidoclaste, puisqu'elle ne comprenait pas ce que ça voulait dire. Je savais que la plupart des gens ne connaissaient pas ce mot non plus, mais ça me rendait fier de lui montrer que moi, oui.

Même si j'étais devenu plus grand que la plupart des amis de Suzie, les soirs où l'appartement se transformait en *open house*, je n'allais plus me cacher dans ma garde-robe, mais je me couchais tout habillé en serrant la carabine que Tito m'avait offerte pour mes sept ans. Elle m'avait montré comment mettre les plombs et, surtout, où viser si un adulte me touchait. Ses instructions m'avaient convaincu de faire de cette arme ma meilleure amie.

— Si j'avais appris à ta mère à tirer, tu ressemblerais pas à ça.

❖

À 16 ans, j'ai lâché l'école pour aller travailler au dépanneur. Monsieur Stanislas me présentait à ses clients comme son meilleur employé. Avec raison: je dépensais l'entièreté de ma paye dans son commerce. Chaque samedi, j'allais chercher des sacs de bonbons, deux petites bouteilles de Coke, un gros sac de chips crème sure et oignon, des loteries à gratter et un paquet de cigarettes pour Tito et moi. On passait des heures à manger et fumer, en se racontant des histoires sur nos pires clients.

Le jour où elle m'avait avoué qu'elle ne faisait pas des ménages dans les condos des quartiers cossus mais qu'elle se prostituait, j'avais éclaté de rire, pensant que c'était une autre de ses farces. Le rêve de Tito avait toujours été d'être une actrice et elle aimait se donner en représentation chaque fois qu'elle en avait l'occasion. Elle parlait fort, riait à tue-tête et son exubérance donnait à Suzie des munitions pour rappeler à sa mère qu'elle aurait eu le talent pour devenir une célébrité. Cette conversation récurrente finissait toujours de la même façon: dans les cris et les pleurs. Chacune descendait l'autre aussi bas qu'elle pouvait et on aurait juré que le but c'était de voir qui ferait craquer l'autre la première. Elles commençaient par se complimenter et tout d'un coup l'ambiance changeait, comme un jour d'été frappé par une ondée. Et moi, habitué à leur tragicomédie, je comptais les minutes avant que l'une ou l'autre se lève et parte en claquant la porte.

Ces deux femmes étaient pareilles : intelligentes et pleines de talents. Mais elles avaient pris le même mauvais chemin en s'enfargeant et en ne se relevant pas. L'image de prostituée que j'avais en tête ne collait pas avec celle de Tito. Les trois femmes que je voyais chaque jour au coin des rues Fréchette et Sainte-Bérénice ne lui ressemblaient pas. Elles étaient grandes, Tito était petite. Elles avaient de longs cheveux, Tito avait une coupe courte comme son idole, la mannequin Twiggy, emblème des années 1960. Je l'ai regardée de bas en haut avant de dire :

— Toé ? Une pute ?

Encore aujourd'hui, si je passe mon doigt à un endroit précis sur le dessus de ma tête, je sens la cicatrice que son coup de bouteille de Coke m'a laissée. Je n'avais pas eu le temps de reprendre mes esprits qu'elle m'avait plaqué sur le crâne un torchon à vaisselle qui s'était imbibé de sang en quelques secondes. Puis, sans se soucier de ma plaie, elle m'avait obligé à la suivre. C'était la première fois que je la voyais aussi fâchée. Je courais derrière elle dans la ruelle pour la rattraper.

— Ah sti non, Tito ! Chicane-moi pas encore devant un public, j'vais comprendre pareil si on est juste nous deux !

— Ça coûte rien d'élever le monde. Viens-t'en!

C'était plus fort qu'elle, ce besoin d'être vue et entendue. Devant plusieurs témoins, dont Minou et Chaton, elle s'était animée comme si elle attendait ce moment depuis longtemps. Dès les premières paroles, j'avais eu honte en la voyant aussi enthousiaste, croquant dans chaque mot qu'elle prononçait, mais, au fur et à mesure, j'avais réalisé que son discours féministe était puissant et beau. Évidemment, je n'étais pas encore assez vieux pour tout comprendre, mais je m'étais fié à ses yeux, aux mouvements de ses mains qui ponctuaient tout ce qu'elle disait.

Elle s'était juchée sur une caisse de lait pour paraître plus grande et j'avais posé un pied dessus afin qu'elle ne bascule pas. J'étais aux premières loges de son allocution, et comme pour appuyer mon impression que j'assistais à quelque chose d'exceptionnel et non à une simple leçon de morale, plusieurs voisins s'étaient entassés sur leur balcon pour l'entendre. Au départ, elle me regardait, mais ses yeux s'étaient peu à peu levés pendant qu'elle parlait de son métier de travailleuse du sexe. Elle visait tous ceux qui l'écoutaient. Et à sa dernière phrase, bras en l'air et poing fermé, elle avait crié :

— Faque on peut-tu avoir la crisse de paix ? On peut-tu arrêter de se faire juger ? On peut-tu travailler en sécurité pis avec dignité ?

Un applaudissement s'était fait entendre au loin, timidement. Et il en avait entraîné toute une salve, parsemée de cris et de sifflements. J'avais dû enlever mon t-shirt pour essuyer le sang qui me coulait dans la figure, mon torchon étant saturé. Je n'avais pas pu applaudir, mais j'avais participé à cette vague de réactions en scandant « Ti-to ! Ti-to ! ». Rattrapée par la gêne, elle était descendue de sa caisse, m'avait pris par le bras en me disant :

— J'espère que t'as ben compris ? Bon, viens-t'en, t'as besoin de points de suture. T'as de l'imagination, tu trouveras quelque chose à inventer quand le médecin va te demander qu'est-ce que tu t'es faite. Pis j'veux pus jamais t'entendre dire "Toé ? Une pute ?", OK ? On dit "toi". T'iras pas loin avec des "toé".

À son clin d'œil, j'avais tout compris. Je n'ai plus jamais utilisé le mot « pute » ni prononcé « toé ».

❖

Le jour où je me suis rendu compte dans quelle famille j'étais tombé, je me suis mis à lire tout ce que je pouvais. Mon but était de déjouer les probabilités, déjà hautes, de devenir un toxicomane ou un alcoolique et de finir comme les deux femmes de ma vie : à attendre mon prochain chèque d'aide sociale avec hâte dès le dixième jour du mois. Je m'imaginais pouvoir reprendre l'école et devenir ambulancier, pharmacien, chercheur ou médecin.

Au dépanneur, quand on recevait la commande de revues, je pouvais passer des heures assis à lire le magazine *Scientifiquement vôtre* d'une couverture à l'autre. Monsieur Stanislas avait repéré mon manège, mais il ne me dérangeait jamais pendant ces moments. J'étais aussi fourni en livres lorsque j'allais, en catimini, livrer des bières à la librairie du coin. Patrick, le libraire, achetait mon silence en m'offrant les exemplaires gratuits qu'il recevait des représentants des maisons d'édition.

Suzie entrait souvent dans ma chambre pour prendre une pile de mes livres et s'en faire un marchepied quand elle n'arrivait pas à attraper ce qu'elle voulait dans l'armoire. C'était pour elle une autre façon de me provoquer, puisqu'elle savait que ces romans étaient sacrés pour moi. J'aurais pu simplement étirer le bras et lui donner ce qu'elle voulait, mais de lui répéter que ce n'était pas grâce à elle que je savais autant de choses me faisait du bien.

Le seul qui comprenait ma passion était Minou. Et notre deal était qu'il lisait tous les romans que j'avais moins aimés. La première fois qu'il m'avait demandé de lui apporter un livre, je lui en avais donné un vieux, une histoire d'amour quétaine, pensant qu'il en ferait un feu de poubelle pour se réchauffer. Quelques jours plus tard, il m'avait fait un compte rendu complet, me disant de continuer à le fournir en mauvais livres, que ça le motivait à me les faire aimer.

Quand il avait fini de les lire, on s'obstinait, assis dans le hangar où il vivait avec Chaton, en fumant quelques joints. Même si on était gelés, je ne pouvais jamais gagner. Ses points de vue étaient toujours justes et ça me fâchait de ne pas avoir son esprit d'analyse. Nos discussions se terminaient toujours de la même façon : je me levais, écœuré mais surtout plein d'orgueil, et j'attendais qu'il me demande en riant si je m'inclinais. Je lui répondais chaque fois : « Jamais. » Satisfait, il levait sa main pour que je tape dedans, signe que la joute était terminée et qu'il attendait le prochain livre.

Quand je ne lisais pas, je m'exerçais à trouer leurs canettes vides avec ma carabine, et Chaton et Minou aimaient m'appeler « Ti-Will-à-plombs ». J'étais devenu un professionnel à force de percer tout ce qui me tombait sous la main. J'étais grand, maigre et laid, si j'en croyais le reflet du miroir, mais avec ma carabine, j'avais l'impression d'être invincible et presque beau.

Tous les soirs, notre appartement devenait un lieu de ralliement. Si la plupart des amis de Suzie étaient stones, d'autres étaient allumés et cherchaient les confrontations. Tito avait déjà mis dehors à grands coups de pied au cul un gars qui avait essayé de lui toucher les seins. Quand je l'avais vue aller chercher la caisse de lait dans la ruelle et y grimper, je m'étais approché pour mettre mon pied dessus comme quelques mois plus tôt afin qu'elle ne tombe pas.

Elle avait fait le même speech concernant le corps des femmes, mais plus enflammé, plus cru et plus agressif. Je l'avais retenue quelques fois, elle qui tanguait dangereusement quand elle gesticulait. Elle était soûle et gelée mais toujours prête à se révolter et à revendiquer les droits des femmes. Ceux qui étaient en état de comprendre semblaient avoir apprécié l'interlude, même Suzie, qui avait pris le temps de desserrer son garrot et de déposer sa seringue sur ses cuisses pour applaudir sa mère.

Cette nuit-là, assis à la table de la cuisine, j'avais jasé de littérature avec un homme que je n'avais jamais vu auparavant, mais qui connaissait tout le monde présent. Durant notre conversation, je souriais souvent, fier de penser qu'à deux, nous élevions le quotient intellectuel de la place en parlant de livres et de revues scientifiques. J'étais impressionné par son savoir et son talent à si bien expliquer les choses que je les comprenais du premier coup.

Je me souviens d'avoir pensé qu'il aurait pu être un bon prof. Il savait parler mais aussi écouter. Il s'intéressait à ce que je faisais de mes journées, à mes responsabilités au dépanneur. Lorsqu'il m'avait posé des questions sur mes amis, je lui avais montré leurs photos sur mon cellulaire. Je m'étais également confié à lui en parlant de Minou, lui expliquant qu'il était un aussi grand lecteur que moi et que d'habitude, c'était le seul avec qui je pouvais partager cette passion.

Comme il était sceptique, j'avais dû aller lui prouver que c'était bien d'un itinérant que je parlais. À quelques mètres de l'appartement, on pouvait voir de la lumière dans le hangar. J'avais frappé deux fois en disant à Minou que je devais lui présenter un nouvel ami incrédule. Il avait ouvert la porte et scruté Didier de la tête aux pieds. Probablement insulté de se faire déranger pendant sa lecture pour une raison aussi ridicule, Minou l'avait envoyé chier comme s'il le connaissait avant de nous intimer de partir.

— Mon tabarnak, t'es mieux de pus jamais revenir dans le coin, toé. Tu croyais pas Will que j'savais lire ? Maudit épais...

Avant que je m'éloigne, il m'avait pris par le bras pour me dire à voix basse :

— Fais attention à lui, Will, c'est un esti de rat, ça...

C'était la première fois que Minou me décevait. Lui qui m'apprenait à ne pas juger trop vite les gens venait de se contredire. C'est vrai que Didier avait un air weird avec ses cheveux noir corbeau, sa coupe à la John Travolta dans *Grease* et ses tatouages sur la joue. Mais justement, je ne m'étais pas fié à son apparence et j'avais été agréablement surpris. Quand on était rentrés à l'appartement, je lui avais demandé d'excuser Minou. Son grand sourire m'avait rassuré.

Mais je m'étais trompé et Minou avait eu raison. Didier Lapointe ne cherchait pas un nouvel ami. C'est à 3 heures du matin, quand j'ai senti une présence dans mon lit, que j'ai su qu'il se foutait bien des romans et de mes histoires. C'est aussi au même moment que je me suis rendu compte qu'une carabine ne servait à rien dans le noir. Contrairement au couteau sous mon oreiller.

Sans jurons ni sacres

J'ai longtemps été confronté à mon rêve d'avoir une carrière pour prouver que les Forest pouvaient faire quelque chose de leur vie, mais ce but m'avait lâché le jour où j'ai été contester le refus de mon admission au cégep. À 20 ans, écœuré de passer mes journées derrière le comptoir du dépanneur, j'avais demandé à mon patron si je pouvais lui emprunter une chemise et une cravate. Le lendemain, il m'avait apporté un pantalon noir, une chemise bleue et une cravate jaune. Dans les toilettes crasseuses du dep, il avait essayé de faire mon nœud et même s'il n'avait pas l'air plus doué que moi, je l'avais laissé faire, voyant qu'il était heureux de m'aider.

J'avais appris jeune à faire la différence entre les vrais gentils et les faux. Je me trompais parfois, mais d'habitude, j'étais assez bon pour les différencier. Suzie était un cas exceptionnel. Avec le temps, je l'avais mise dans la case des fausses méchantes. Je m'accrochais à la caresse que j'avais reçue d'elle, petit, quand j'avais ouvert mon porte-clés de flamant rose, voulant y voir la preuve qu'elle savait être douce et aimante. Quand elle m'insultait et m'intimidait, cette réflexion m'apaisait : c'était mon visage qui me valait son animosité, pas ma personnalité.

Monsieur Stanislas m'avait donné une grande claque dans le dos en me disant que j'avais fière allure et que le cégep ne savait pas encore qu'il allait admettre son futur meilleur étudiant. Je me souviens de m'être regardé dans le miroir et, pour une première fois, de m'être trouvé assez charmant aussi. Avec la pointe d'un stylo, je m'étais fait une raie bien droite sur le côté de la tête et j'avais pris une bouteille de gel à cheveux sur les tablettes du dépanneur. J'étais beau et prêt à aller changer mon destin.

Complice de mon plan, Tito m'avait prêté une vieille mallette de cuir qui complétait bien ma tenue. Arrivé devant le cégep, j'avais eu la même sensation qu'avec ma carabine en main : celle d'une confiance inébranlable. Devant la secrétaire, je me suis forcé à parler en bon français, sans jurons ni sacres. J'ai dit que j'étais victime d'une erreur, que leur refus de m'admettre dans leur institution méritait une explication. Elle a regardé ses dossiers. Occupé à plaider ma cause en lui énumérant toutes mes qualités, je n'ai pas tout de suite remarqué son sourire navré. Elle m'a laissé terminer, puis a chuchoté pour que les autres en file derrière moi n'entendent pas :

— Monsieur Forest, allez chercher votre diplôme d'études secondaires et revenez nous voir.

Quand j'entends le mot « honte », c'est à mon habillement, ma coiffure et mon speech de ce jour-là que je pense. Mon naturel avait repris du service et j'avais bégayé quelque chose comme « Esti que j'suis cave, *man*... », puis j'étais parti en courant.

Cet après-midi-là, j'avais marché les cinq kilomètres qui séparent l'école du dépanneur, et en chemin je m'étais arrêté quelques heures chez Jean Bières où David était barman. En me voyant arriver soûl au dépanneur, monsieur Stanislas ne m'avait posé aucune question sur mon rendez-vous. Mon apparence était éloquente : pieds nus, souliers à la main, chemise hors des pantalons, cravate en guise de bandeau retenant mes cheveux que j'avais ébouriffés pour ôter toutes traces de mes tentatives de les dompter avec le gel. Tout ça lui en avait dit assez sur la tournure des événements.

Mon rêve de fuir ce à quoi la famille Forest semblait destinée s'anéantissait et ce jour-là, j'ai compris que le chemin prévu pour moi serait plus difficile à changer que je pensais. Juste le fait que j'avais oublié qu'on ne pouvait être admis au cégep sans d'abord avoir fini son secondaire me l'avait prouvé. J'avais voulu rendre ses vêtements à mon patron, qui m'avait fait signe qu'il me les laissait.

Ce soir-là, j'avais fait deux heureux dans la ruelle des Vieux Chats. Chaton remplissait parfaitement la chemise et découvrait avec la cravate une version très chic de lui-même. « J'ai envie d'vous snober. » J'avais donné le gel à Minou qui s'en était enduit les mains d'une trop grande quantité avant de les plaquer sur ses cheveux pour les lisser par derrière. C'était la première fois que je voyais aussi bien son visage et j'avais été impressionné par le vert de ses yeux, qui était toujours caché par ses cheveux. Ce jour-là, j'avais rejeté lentement la fumée du joint qu'on se passait et j'avais dit aux gars en pointant le petit nuage :

— Tchékez-ça, c'est mes rêves qui partent en fumée.

Ce n'était pas drôle, mais on avait ri. Longtemps.

Les carnets

L'avenue était bondée. J'ai fourré mes mains dans mes poches pour les réchauffer. Les flocons qui tombaient tranquillement et disparaissaient au contact du sol me faisaient penser à mes projets : originaux mais sans consistance, fondant au fur et à mesure qu'ils prenaient forme.

Le concours des plus belles vitrines des Fêtes battait son plein et je me suis arrêté devant chez Jouets Laurier, hypnotisé par un train qui tournait au pied du grand sapin que deux employées décoraient. La crèche absente m'a rappelé que j'avais compris depuis longtemps que mon vœu d'être quelqu'un d'autre ne se réaliserait jamais et que j'étais condamné à ressembler à un violeur. Je me suis raclé la gorge pour me défaire de cette émotion, tout en me concentrant sur la petite étoile qu'une des deux filles venait d'accrocher à une branche. J'essayais de ne pas faire attention à mon reflet dans la vitre

À 32 ans, j'étais serveur au Café Laurent, encourageant les habitués à se surpasser, à ne jamais se décourager et à regarder toujours vers l'avant, mais sans être foutu de suivre ses propres conseils. J'avais relevé le défi de diminuer ma consommation ; je louais un appartement que j'habitais seul, dans un quartier un peu plus tranquille que celui de Tito et Suzie ; je conduisais une voiture assez récente ; je portais enfin des vêtements à ma taille ; j'allais à l'épicerie chaque jour acheter ce dont j'avais envie. Je ne manquais de rien, mais le complexe de me sentir inférieur à tout le monde n'était jamais loin.

En arrivant devant le Bistro Maurice, j'ai souri en voyant la file d'attente habituelle. À l'instant où je me suis demandé où ils étaient, j'ai entendu Lou crier :

— Et voici Will Forest qui est encore en retard !

J'ai pressé le pas jusqu'à eux, m'excusant auprès des gens que je dépassais dans la file.

— J'suis pas en retard, vous êtes pas encore rentrés !

Lou a souri en nous regardant tous les trois, fière de nous voir encore fidèles au brunch annuel de décembre. J'ai serré les mains de David et de Christophe. Lou s'est approchée pour m'embrasser sur les joues, mais je lui ai tendu la main. Les gars ont ri et moi aussi.

Elle m'a donné un coup de coude dans les côtes et j'ai feint d'avoir mal, mais j'ai aussitôt ouvert mes bras pour la serrer contre moi. Christophe sautillait sur place pour se réchauffer tandis que David remettait en doute notre choix d'il y a dix ans, de venir chez Maurice chaque matin du 23 décembre. Comme Lou rechignait, il a renchéri :

— *Come on*, j'vous vois plus que ma famille. On a soupé chez Christophe la semaine passée, pis on passe nos vendredis soir au café de Will, c'est pas comme si on se voyait juste les 23 décembre. Le pacte, c'était pour pas qu'on se perde de vue. Après dix ans, j'pense qu'on a relevé le défi, là...

Lou s'est dégagée de mon étreinte, visiblement irritée et a fouillé dans sa sacoche pour en ressortir un petit carnet bleu.

— Heille, c'est différent cette année ! On vient surtout ici pour ça ! As-tu oublié ?

Christophe m'a regardé et a regardé David comme s'il ne comprenait pas ce qu'elle disait. Durant quelques secondes, un silence a plané. Je me suis retourné pour regarder la file qui s'était allongée depuis mon arrivée, retenant en même temps un sourire. Lou a tout à coup compris.

— Je sais pas qu'est-ce que j'fais avec vous autres, vous êtes trois imbéciles... Sortez les vôtres !

C'était plus fort que moi, chaque fois qu'elle se fâchait, je ne pouvais m'empêcher d'imiter sa petite voix :

— Vous êtes trois imbéciles... !

— OK, c'est bon, t'aurais dit quoi, le gars d'ruelle ?

— J'aurais juste dit qu'on est trois caves. Imbéciles, ça sonne trop snob pour nous autres. Je sais que c'est pas de ta faute, ça fait partie de toi, la bourgeoisie.

Se hissant sur la pointe des pieds, elle s'est approchée de mon visage.

— T'es juste jaloux !

J'allais lui donner raison en lui disant que j'aurais bien aimé aussi avoir cette petite touche dorée et invisible qu'ont les élites, mais au même moment, l'hôte nous a fait signe. Nous nous sommes engouffrés dans le restaurant, savourant enfin la chaleur. Comme des enfants et, surtout, comme chaque année, Christophe, David et moi avons pressé le pas pour trouver une bonne place : la banquette près de la grande vitrine. J'entendais Lou rire de nous voir faire. C'était d'ailleurs ce qu'elle disait aimer de nos retrouvailles : nous voir redevenir des adolescents.

Lou a lancé son carnet au milieu de la table. David et Christophe l'ont imitée. J'ai fouillé dans la poche de mon manteau avant de lentement sortir mon carnet.

— R'gardez-le qui veut faire durer le suspense. Allez ! Mets-le avec les autres !

La vérité était que je faisais tout pour que ce soit Lou qui hérite de mon carnet. Quand elle avait eu cette idée qu'on tienne un journal durant toute une année, on avait ri, manifestement terrorisés de penser qu'elle était sérieuse. Et en y repensant, j'avais aimé l'idée. Si le défi était de remplir un petit journal intime comme celui que j'avais déjà trouvé dans la ruelle et qui était d'une platitude extraordinaire, je pouvais le relever haut la main. Lou tenait à cette idée, et moi à elle. Contre toute attente, je me suis mis à écrire chaque jour comme si les mots sortaient de mes tripes. Et chacun n'était que pour elle. Je ne me suis relu qu'une fois, me promettant de ne plus recommencer. L'exercice équivalait à m'ouvrir le ventre et m'autopsier.

J'ai pris quelques secondes pour déposer mon carnet par-dessus les trois autres, fier de voir que le mien était le plus usé des quatre, signe que j'avais été *all in* dans ce projet. Une partie de roche-papier-ciseaux au-dessus de nos tasses de café a déterminé l'ordre dans lequel chacun choisirait un carnet. La veille, j'avais demandé à David et Christophe de sortir le signe de papier s'ils affrontaient Lou, puisqu'elle faisait toujours le signe de roche. Les gars ont vite compris où je voulais en venir. J'avais eu droit à quelques commentaires de Christophe auxquels j'avais répliqué en lui lançant mes croûtes de pizza.

Quand j'ai vu David montrer sa main en même temps que Lou montrait son poing, j'ai souri. Elle était, comme je l'avais voulu, la première à gagner et donc, à jouir du premier choix sur les carnets. J'ai retenu mon souffle en la voyant hésiter. Puis, doucement, elle a pris le mien. Je lui ai fait un clin d'œil, cachant difficilement mon stress de savoir que j'allais me mettre à nu devant elle. Pour vrai. Toujours complice avec Christophe et David, j'ai gagné la manche suivante et j'ai choisi les écrits de Lou. Je savais qu'elle avait fait de son journal une bande dessinée et j'espérais qu'elle se soit livrée avec autant d'intensité que je l'avais fait.

En attendant les menus, elle a mis mon carnet sur ses genoux et l'a ouvert. Je me suis emparé d'une cuillère et j'ai frappé sur sa tasse de café.

— On peut pas lire en présence de l'auteur, c'est vous qui l'avez dit. C'est une entorse au code ça, madame...

— C'est trop tentant!

— Est-ce qu'on va devoir vous le confisquer?

— Non, non, j'le range.

J'ai souri, pensant que c'était justement à son côté rebelle que nous devions le fait d'être amis. Je l'avais connue un soir, dans un party chez David. Je fumais mon joint sur le balcon quand elle avait stationné sa Hyundai Accent de l'année, possiblement la seule voiture neuve dont les roues aient jamais roulé sur cette portion d'asphalte, devant le bloc de la rue Vaudreuil. David et moi avions connu le même genre d'enfance et quand un party s'organisait, on savait que ce serait un succès assuré s'il avait lieu chez lui ou dans la ruelle des Vieux Chats. Étrangement, je retrouvais les mêmes personnes qui squattaient mon plancher quelques années plus tôt. Les amis de ma mère vieillissaient mal, comme elle, mais tant qu'ils nous vendaient du stock pour nous faire oublier qu'on deviendrait des *losers* comme eux, on les tolérait.

Lou était passée à côté de moi durant la soirée et je n'avais pas pu m'empêcher de l'accoster. Sa présence me dérangeait. Tout ce qu'elle dégageait me répugnait. Ses cheveux bruns luisants, impeccables, ses dents blanches comme les néons du dépanneur, ses Docks neufs, brillants: tout d'elle m'énervait. J'étais insulté que la fille d'un grand promoteur immobilier vienne regarder comment les pauvres s'amusaient.

— Coudonc, es-tu perdue?

— J'ai-tu l'air d'une fille perdue?

— T'as surtout l'air d'une fille qui a pas d'affaire ici.

— OK. Pis tu penses que j'ai d'affaire où?

Et comme un con, je l'avais regardée des pieds à la tête, en faisant semblant de renifler.

— Là où y a du luxe. Tu pues le luxe.

Moi qui me battais depuis longtemps et qui savais pourtant voir venir les coups, je n'avais pas su esquiver son poing. En me décrochant la mâchoire, elle avait conquis mon respect. Quand tout avait arrêté de tourner autour de moi et que j'avais essuyé ma lèvre fendue, je lui avais tendu la main.

— Moi, c'est Will.

Fantasque, elle avait essuyé la sienne sur ses jeans avant de me la tendre.

— Louisette. Mais appelle-moi Lou. Louisette, c'est ma grand-mère.

— OK, Louisette.

On s'était regardés en riant, réalisant qu'on ne venait pas de la même place mais qu'on était compatibles. À partir de ce moment, et même si elle était toujours étiquetée « fille de riches », Lou avait fait partie de notre gang et on ne s'était plus lâchés depuis.

La serveuse est arrivée et nous avons tous commandé la spécialité du bistro. L'Assiette Maurice comprenait : deux œufs, une montagne de petites patates rondes, des saucisses, du jambon et du bacon. On écoutait Christophe parler de sa fille de deux ans quand mon portable a vibré. C'était Tito. Je me suis aussitôt levé et dirigé vers les toilettes pour m'éloigner du bruit.

— Oui ma Tito !

À l'autre bout, j'ai entendu Suzie crier. Et puisque ce n'était pas inhabituel, je n'ai pas compris pourquoi Tito m'appelait pour que je sois témoin de cette nouvelle crise. Suzie hurlait et sa voix se brisait à la fin de chacun de ses mots. J'ai raccroché et j'ai texté Tito.

Qu'est-ce qui se passe ?

J'ai attendu quelques secondes et un message est enfin apparu :

Didier

Devant l'écran de mon cellulaire, j'étais paralysé. Didier. Avec qui j'avais parlé de livres durant toute une nuit. Qui s'était glissé sous mes draps et qui avait essayé d'enlever mes jeans en m'embrassant dans le cou. Qui avait ri quand je m'étais débattu en lui disant que j'avais une carabine. « Qu'est-ce que tu veux crisser avec ta carabine dans l'noir ? » Il avait raison. La lueur du couloir n'était pas assez forte pour que je puisse bien viser et son corps était, de toute façon, trop près du mien pour que je puisse l'atteindre. Didier, celui qui m'avait agrippé le pénis jusqu'à ce que je hurle sans que personne ne m'entende. Didier Lapointe, qui ne savait pas que j'avais une autre option.

J'ai longtemps été hanté par ses cris quand j'ai commencé à le poignarder. Ne voyant rien, j'y étais allé au son.

J'étais encore à regarder mon téléphone quand un petit garçon a allumé le séchoir à mains dans les toilettes. Il riait, impressionné de voir le vent former des vagues sur son chandail. Quand la machine s'est arrêtée, j'ai repris mes esprits et j'ai fourré mon cellulaire dans ma poche. Quelques secondes m'ont suffi pour revenir à la table, ramasser mon manteau et le carnet de Lou avant de saluer la gang. J'ai couru vers la sortie en zigzaguant entre les tables et en réussissant à esquiver les serveurs. David m'a rattrapé sur le trottoir, et voyant que je ne répondrais pas à ses questions, m'a barré la route. Forcé de m'arrêter, je l'ai repoussé pour repartir, mais il m'a saisi par le bras.

— Qu'est-ce qu'y a ?

Il avait ce don de reconnaître les signes quand l'instinct des amochés est en alerte : cette odeur de drame, imperceptible pour ceux qui ont eu cette chance de ne pas en vivre, cet engourdissement étrange du cerveau qui semble se préparer à se mettre en veille, pressentant qu'il ne pourrait pas assimiler tout ce qui s'en vient. Je savais que Didier allait ajouter, à la façon d'un pain sandwich, une couche à la recette des bad lucks de ma vie et que j'allais, avec le temps, devoir mettre beaucoup de crème pour que le goût passe mieux.

— Didier est chez nous.

J'ai vu ses yeux s'écarquiller.

— *Fuck*, c'est le gars que t'avais défiguré, ça ?

— Ben là... Plutôt le gars qui m'avait sauté dessus, oui !

— Qu'est-ce qu'y veut ?

— Tasse-toi pis j'vais le savoir.

David savait aussi qu'on est toujours rattrapé par nos démons et Didier était un des miens. On ne l'avait jamais revu depuis l'agression. Suzie m'avait répété des dizaines de fois que j'allais regretter mon geste, que Didier était adepte de l'expression « la vengeance est un plat qui se mange froid » et qu'il avait justement déjà terminé des restants en prison.

Il neigeait encore et les carrés de trottoir n'allaient pas assez vite sous mes pieds, mais je devais parfois ralentir pour ne pas glisser. C'est en tournant le coin de la ruelle que j'ai entendu Lou crier mon nom. En me retournant, j'ai vu mes trois amis qui haletaient aussi fort que moi. Je me suis arrêté pour les attendre, en me disant que je me sentirais plus courageux à leur côté. En nous voyant aussi pressés, Minou s'est levé de sa chaise de plage et nous a regardés le saluer en coup de vent.

— Y a-tu l'feu ? Ti-Will ! Heille !

Je lui ai fait signe que tout était OK. Arrivé devant le 302, j'ai senti mon cœur cogner comme un fou et, sans hésiter, j'ai ouvert la porte de l'appartement. Et comme si j'étais un amateur, comme si je n'avais jamais su que la violence n'était pas toujours vautrée dans les cris et le bruit, le silence m'a rassuré. Je pense même avoir souri de soulagement. J'ai fait signe à David que tout était OK et j'ai composé le numéro de Tito pendant qu'on se rendait dans la cuisine. C'est là que le temps s'est arrêté. J'ai laissé tomber mon cellulaire. David a crié. Et moi je me suis figé, suivant des yeux une coulée de sang qui s'approchait de mes pieds comme un serpent rampant vers une autre victime. Tito gisait sur la table et Suzie était couchée par terre, à côté du frigo. J'ai levé la tête, la porte-patio était ouverte. J'ai enjambé Suzie, poussé les chaises sur mon chemin et foncé vers la sortie, suivi par Christophe. Au fond de la ruelle, un homme courait. En levant mes bras en l'air comme si je me livrais, j'ai crié :

— Mon tabarnak ! C'est moi que tu cherches ? J'suis là !

Tout s'est joué en quelques secondes. Christophe m'a dit qu'il s'en occupait, il a fourré sa main dans son pantalon pour en ressortir un revolver. Au même instant, Didier, revenu sur ses pas, a tiré dans ma direction. Je ne me souviens pas d'avoir eu mal. Peut-être juste un petit pincement à l'abdomen.

En parallèle

J'ai ouvert un œil, puis l'autre. Un petit garçon avec un chandail rayé rouge et blanc imitait le bruit du camion qu'il faisait rouler sur le plancher. À côté de lui, une fillette dessinait des ronds sur le mur avec une craie bleue.

Je me suis relevé sur les coudes, souriant à la vue de cette scène. Plus loin, un bébé s'amusait avec un petit lion en bois, le portant à sa bouche et laissant un filet de bave sur son pyjama chaque fois qu'il ressortait le jouet pour le regarder sous tous les angles. Je ne sais pas combien de temps je les ai observés jouer. Dès que je tournais la tête à gauche ou à droite, d'autres enfants apparaissaient dans mon champ visuel. Autour de nos têtes, des petites lumières allaient et venaient, comme des lucioles. Je me suis levé, suivant des yeux deux enfants en pleine course de vélo. Le même que j'ai toujours voulu et que je n'ai jamais eu. Le rouge du cadre était encore plus brillant que sur la photo du catalogue Sears que j'avais collée dans ma garde-robe. Lorsqu'ils ont franchi en même temps la ligne d'arrivée, j'ai applaudi.

Une maman est arrivée avec un petit garçon qu'elle tenait par la main. Elle a fait un trou dans le sol avec une petite pelle de plage et le petit s'est penché au-dessus et l'a rempli avec des mots. Je voyais les lettres roses, gonflées, sortir de sa bouche comme si elles étaient faites de nuages. La mère a tapoté le tout du bout de sa pelle et quelques secondes plus tard, une fleur géante est apparue. Ébloui par ce tour de magie, je me suis approché et je leur ai demandé si je pouvais essayer. La femme a creusé un autre trou, je me suis penché et j'ai chuchoté « caca ». Juste pour faire rire le petit. De voir les lettres bien rondes sortir de ma bouche m'a fasciné. Excité, il a regardé sa mère. En me relevant, j'ai mis la main sur ma bouche en voyant le petit arbre nauséabond aux branches duquel pendaient des sacs de crottes de chien en guise de feuilles. Les enfants se sont tous approchés et hurlaient de rire en trépignant.

Puis tout d'un coup, ils se sont mis à regarder vers le haut. Ce que j'ai fait aussi sans savoir pourquoi. Et au-dessus de nos têtes, quatre bélugas sont apparus. Ils s'amusaient à passer lentement tout près de nous en sifflant. J'allais me recoucher sur le dos pour ne rien manquer de ce gracieux spectacle, mais au même moment j'ai aperçu un vinyle géant accroché au mur. Je me suis approché, intrigué.

Il tournait lentement, laissant échapper la voix exaltée de Paul McCartney sur *The Magical Mystery Tour*. Tito m'avait toujours dit qu'elle avait la responsabilité de me faire connaître la musique, elle qui en était une passionnée. Au salon, nous avions des dizaines de disques offerts par monsieur Aubin, un disquaire vivant dans la ruelle, mais surtout un homme très amoureux d'elle. Dès mes six ans, je devais reconnaître tous les albums en nommant le nom du groupe et tous les titres des chansons. C'était notre activité du samedi matin. J'aurais pu y trouver du plaisir si Tito ne s'était pas fâchée chaque fois que j'échouais à énumérer parfaitement les titres. Je devais souvent répéter en boucle *While My Guitar Gently Weeps* ou *Strawberry Fields Forever*.

Elle ne savait pas plus que moi parler anglais, mais me répétait que « Tootall, l'animateur de CHOM, le dit pas comme ça, lui ! ». Chaque erreur me valait une claque derrière la tête. J'avais appris à serrer les dents et à m'endurcir quand je voyais sa main se lever. Je ne pleurais plus. Suzie, qui trouvait sa mère ridicule, répétait que son ignorance de l'anglais ne l'empêcherait pas de s'enfuir à Liverpool rejoindre Ringo.

Je regardais encore l'énorme disque tourner quand une porte s'est ouverte et qu'un homme s'est approché de moi. L'ambiance avait changé, les enfants étaient disparus et les bélugas aussi.

— On avait hâte que vous arriviez. Ça n'arrête pas, ces temps-ci. Venez.

J'ai suivi l'homme sans poser de question et il m'a conduit dans un bureau où il m'a fait signe de m'asseoir.

— On ne vous demande pas de faire des miracles. Tout ce que nous voulons, c'est votre honnêteté.

Je le regardais sans comprendre. À côté de lui, déposé sur le bureau, j'ai reconnu le carnet de Lou.

— J'peux-tu savoir on est où ?

Je m'attendais à tout sauf à voir l'homme se lever et s'en aller. Je suis resté seul un bon moment. Assez longtemps pour inspecter tout ce qui se trouvait autour de moi. C'était une pièce où les murs semblaient flous, comme s'ils étaient faits de fumée. Je me suis frotté les yeux pour être certain que cette vision n'était pas le fruit de mon imagination. J'ai passé mon bras dans cette brume, m'attendant à une résistance, mais je n'ai pas rencontré d'obstacle. Puis j'ai fait rapidement le tour de la pièce, dont le mobilier se résumait à un bureau et deux chaises. Je me suis rassis et j'ai ouvert le cahier de Lou. Au même moment, une jeune femme s'est précipitée dans la pièce en refermant la porte brusquement, mais sans parvenir à empêcher deux lucioles de la suivre.

— C'est toi, Will ?

— Oui…

Elle s'est assise en face de moi puis, visiblement mal à l'aise, s'est relevée et m'a fait signe d'aller prendre sa place derrière le petit bureau, comme si j'étais son supérieur. Après quoi, elle s'est mise à pleurer tout en parlant très vite.

— J'm'appelle Chloé Fiset, j'ai 29 ans. On m'a dit que tu décidais. Ben c'est ça. J'suis pas plus prête que l'autre fois à être ici.

Elle s'est levée, chassant impatiemment les deux lucioles qui volaient autour d'elle.

— J'comprends rien... On est où ?

Sans répondre à ma question, elle s'est énervée encore un peu plus.

— J'te dis que j'veux vivre !

— OK. Ben... Vis ?

L'homme est revenu, et tout en s'excusant d'avoir dû partir promptement, il a sorti un papier de la poche de son veston et m'a regardé droit dans les yeux.

— Répétez après moi. Moi, Will Forest.

— Moi, Will Forest...

— Je m'engage à faire preuve de discernement, d'empathie, de loyauté. Mon pouvoir décisionnel n'engage que moi. Les expériences que je vivrai seront éprouvantes mais seront effacées de ma mémoire au moment opportun.

J'ai éclaté de rire.

— OK, c'est quoi la joke ? C'est beau, vous m'avez eu ! Lou, Dave, Chris ! Vous m'avez eu. Sortez, arrêtez de niaiser, le monsieur me fait peur pour vrai, là. Vous êtes un criss de bon acteur. La fille aussi ! Qu'est-ce que vous m'avez donné comme stock ? Parce qu'on frise le génie, là. Si c'est pas trop cher, j'en veux, mais rien qui s'injecte.

Imperturbable, l'homme a continué.

— On vous a choisi pour faire du ménage. Vous avez déjà été à l'hôpital ?

J'ai écarquillé les yeux.

— OK, on est à l'hôpital ? Méchant *bad trip*, j'ai halluciné des enfants tantôt pis de la musique, pis des mots soufflés, pis un arbre à caca pis des bélugas...

J'ai fait une pause. J'ai regardé mes bras, mon ventre, mes jambes. Je me suis levé, j'ai sauté sur place, j'ai palpé mon crâne.

— J'me sens pas malade, j'suis pas blessé. Qu'est-ce que j'fais ici ?

— Assoyez-vous et écoutez-moi bien. Will, vous êtes attitré au triage. Votre seule tâche est de répartir les nouveaux arrivants. Vous devrez les classer. Ceux qui veulent retourner devront vous convaincre. Ceux qui voudront rester devront en faire autant. En cas de doute, vous revivrez avec eux un ou des épisodes de leur vie pour prendre la décision la plus éclairée.

Chloé a levé la main comme à l'école. L'homme et moi l'avons regardée. Et s'adressant à l'homme, elle a crié :

— Dites-lui donc qu'il est mort ! T'es pas à l'hôpital, t'es mort, *man* ! *Dead !*

À cet instant, j'ai revu la silhouette de Didier, au loin. J'ai entendu à nouveau le bruit de la décharge, je me suis vu tomber près d'une poubelle. D'autres coups de feu ont retenti et je me suis senti partir. Et j'ai pensé à Tito, elle qui m'avait tout appris, sauf à mourir. Visiblement, c'est la seule chose que j'avais réussie par moi-même.

Perdu dans mes pensées, j'ai sursauté quand l'homme a mis sa main sur mon épaule.

— Prenez le temps d'encaisser la nouvelle. On ne meurt pas souvent.

J'ai obéi en me laissant tomber sur la chaise. Je n'avais rien accompli de significatif dans ma vie et déjà, elle était finie. Mon passage n'avait servi à rien, sinon tourner en rond comme un chien courant après sa queue, souvent surpris que ça sente la merde. Je ne laissais rien derrière moi, sauf une poignée d'amis et un petit appartement avec une impressionnante collection de vinyles. Avoir su, je les aurais offerts à David. Juste pour ça, j'ai regretté de ne pas avoir de testament. Christophe aurait hérité de ma machine à café, mais je n'avais rien d'assez significatif à laisser à Lou. Mes draps de bambou, peut-être. Ou mon vieux t-shirt d'AC/DC qu'elle aimait. J'ai pensé à Gustave, le chat de ma voisine, et à mes collègues du café que je laissais dans le trouble.

C'est con, mais je me suis demandé si j'avais verrouillé la porte de mon appartement. J'aurais bien aimé voyager davantage... Quelle vie de merde quand même. Je partais sans laisser de réalisation notable. Juste un vulgaire sandwich à mon nom au Café Laurent, « Le Will : une demi-baguette jambon beurre. Beau, bon, pas cher ». J'avais souvent pensé à ma fin, mais pour m'imaginer en vieux Will. Pas en défunt de 32 ans. J'avais encore plein de choses à vivre, à expérimenter, à goûter, à voir.

J'ai regardé l'homme et je lui ai demandé :

— C'est vraiment fini ? C'est pas des jokes ?

Chloé a frappé sur le bureau avec son poing et m'a pointé en hurlant :

— Heille ! J'te dis que j'veux vivre, tabarnak !

Et contre toute attente, je me suis entendu lui répondre aussi violemment :

— Ben arrête de nous écœurer pis va vivre !

À cet instant, Chloé Fiset a disparu, laissant en plan les lucioles, qui ont virevolté quelques secondes avant de repartir vers le corridor.

— Vous venez de faire une erreur.

J'ai regardé l'homme en levant les mains dans les airs.

— Esti ! J'viens d'apprendre que j'suis mort, j'peux-tu avoir un p'tit break ?

Réalisant peu à peu tout ce qu'il m'avait dit plus tôt, j'ai bondi de ma chaise.

— Attendez, ça veut dire que Suzie et Martine Forest sont ici aussi ? J'veux les voir. J'ferai rien sans d'abord les avoir vues.

Il avait l'air satisfait que je commence à comprendre.

— Au contraire. Vous ferez tout pour elles. On vous a choisi. Quand nous jugerons que vous en aurez assez fait et que votre mandat sera terminé, vous pourrez être réunis et retrouver vos vies sans vous souvenir de ce qui s'est passé ici.

J'ai appuyé ma tête sur le bureau en parlant fort pour que l'homme m'entende :

— OK, mais vous l'savez qu'on peut pas ressusciter après des jours ou des mois, hein ? Si vous et votre gang décidez que j'ai bien fait la job dans une semaine, on pourra pas retourner là d'où on vient, comme vous dites. C'est ça, la pogne ?

— Oubliez les montres, les horloges, les calendriers. Votre mère, votre grand-mère et vous êtes morts en ce moment, mais vous pouvez revenir. Vous ne connaissez pas l'expérience de mort imminente ? Peu importe le temps que vous penserez passer ici, ça ne correspond pas au temps terrestre. Ne vous fiez donc pas à votre perception.

Je ne sais pas combien de minutes je suis resté tétanisé. Assez pour me demander s'il avait eu la patience de m'attendre. J'ai relevé la tête en plissant les yeux, comme s'il m'éblouissait. En vérité, c'est ce que je faisais toujours, petit, pour chasser mon envie de pleurer. Cette grimace faisait toujours rire Suzie, qui me comparait alors à un crapaud.

— Une expérience de mort imminente. C'tu une joke ?

Patient, l'homme a secoué la tête. J'ai remis ma tête sur le bureau. Comment la mort pouvait-elle ressembler à une place aussi plate et pleine de protocoles ? J'étais loin d'avoir vu la lumière au bout du tunnel, comme tous ceux qui disaient avoir vécu une expérience de mort imminente. Je n'avais pas non plus ressenti cette grande bouffée d'amour dont plusieurs parlaient. Jusqu'à preuve du contraire, je ne voyais rien qu'une place morne avec un homme énigmatique.

— Donc ici, c'est mon bureau de triage. Les nouveaux morts viennent me voir et c'est moi qui ai le pouvoir de les retourner en bas ou non. Et si j'suis pas certain, j'suis catapulté dans leur vie pour prendre une meilleure décision. C'est ça ?

— C'est ça. On savait que vous alliez être parfait pour le rôle.

— Le rôle de Dieu ?

— Vous pensez que c'est le paradis, ici ?

J'ai feint de rire.

— Criss, non. Mais j'trouve que j'ai pas mal de pouvoir, par contre…

Comme il s'apprêtait à quitter la pièce, je lui ai lancé :

— Pourquoi vous avez dit que j'ai fait une erreur avec Chloé ?

— Vous croyez vraiment en avoir fini avec elle ?

Jules Adams

Je me suis levé et j'ai fait les cent pas. Je pensais à Suzie et Tito, qui étaient sûrement aussi déboussolées que moi de se retrouver dans un endroit si étrange. De ce que je comprenais, elles n'avaient pas le même rôle que moi. J'espérais qu'elles soient ensemble et j'ai souri en pensant qu'elles étaient au bon endroit pour s'entretuer.

Devant moi, il y avait un grand miroir que je n'avais pas remarqué plus tôt. Je me suis approché doucement de mon reflet, comme si je ne me reconnaissais pas. Mes jeans étaient propres, mon t-shirt n'avait aucun pli. J'avais un beau teint et je ne voyais plus mes cernes. Ce sont mes cheveux, aussi frisés et ébouriffés que d'habitude, qui m'ont rassuré : je n'avais pas tant changé, mais c'était fascinant d'avoir la sensation d'habiter mon corps différemment qu'avant. J'ai commencé par me mordre un côté de la lèvre, puis je me suis pincé une joue. J'ai mordu ma langue, j'ai mis mes doigts dans mes yeux, je me suis giflé quelques fois et je me suis tiré les cheveux.

À quatre pattes par terre, j'ai cogné ma tête sur le plancher. J'ai même essayé de faire le grand écart, fantasme secret que j'avais toujours nourri, et j'ai réussi. Je suis resté dans cette position assez longtemps, soufflé de voir mes jambes faire une ligne droite sans que je risque de me déchirer un ligament comme les autres fois. Rien ne me faisait mal. J'essayais de sentir mon pouls à ma jugulaire quand un petit garçon est arrivé en courant à côté de moi.

— Allô ! As-tu vu mon chien ? Je cherche mon chien. Y s'appelle Cornichon.

Je me suis baissé pour être à sa hauteur.

— Cornichon ? C'est ben cool comme nom ! Tu l'as perdu où ?

J'avais déjà oublié où on était.

— J'étais avec ma sœur et quand j'ai ouvert la porte pour aller jouer avec Tristan, Cornichon s'est sauvé. Il court plus vite que moi. C'est bizarre parce que mon père m'a acheté ces souliers-là pour que j'fasse des sprints !

Il a levé un pied pour me montrer sa chaussure de course avec une étoile sur le côté.

— C'est des souliers qui allument ?

Sans répondre, il a couru en rond, suivant des yeux les parcelles de lumière jaune qui dansaient sur le plancher.

— Wow. J'aurais aimé en avoir des comme ça quand j'étais petit !

— Demande à ton papa, il va t'en donner.

J'ai souri en guise de réponse. Sur le bureau, la fiche de Jules était apparue. Je l'ai prise et j'ai parcouru le rapport pendant qu'il me racontait encore comment Cornichon s'était enfui. Je lui ai demandé de m'attendre quelques instants. J'ai ouvert la porte du bureau et longé un corridor. Au bout, une grande salle d'attente était bondée.

— Will?

Je me suis retourné. L'homme était là et semblait m'attendre pour répondre à mes questions. J'ai pointé tous les gens.

— C'est mes patients?

L'homme m'a repris:

— Ils ne sont pas malades. Juste morts. On dit: clients.

— Client? Un client requiert des services moyennant une rétribution.

Amusé, il a chuchoté:

— Un jour, vous serez peut-être l'objet de leur reconnaissance. C'est souvent mieux que d'être payé.

— J'serai pas capable. J'ai un p'tit garçon de cinq ans dans mon bureau. Vous avez quand même pas besoin de moi pour savoir que sa place est pas ici?

— Ils doivent tous être triés.

J'ai levé le ton:

— OK, ben, j'vous avertis: j'vais tous les renvoyer d'où ils viennent!

— Pensez-y bien. Si vous faites votre travail sans discernement, vous resterez ici jusqu'à tant que vous ayez appris à bien le faire. Ça peut être long...

— J'pensais que ça existait pus, le temps, ici.

— Quand vous aurez retourné vingt, cinquante, cent personnes sans recevoir aucune nouvelle de nous, vous comprendrez que votre rôle n'est pas d'être une passoire. Il y a des gens qui vont directement de l'autre côté et d'autres dont le cas exige une réflexion profonde.

— Pis j'suis le seul à faire ça, trier des morts ?

— Vous êtes des milliers.

— Des milliers ! Pis vous vous êtes dit : "Tiens, on a besoin de Will Forest, un gars ben ordinaire qui fait pas chier personne, me semble qu'y va faire la job."

— Oui. Mot pour mot.

— Méchant karma... Pis comment ça que je ressens rien si j'me rentre les doigts dans les yeux et que j'me pète la tête par terre, mais que ça me rentre dedans de voir ce p'tit gars-là ? Vous auriez pas pu tourner la switch à off pour ça aussi ?

Je n'ai pas attendu sa réponse et j'ai regagné le long corridor qui me semblait maintenant plus invitant. Je me suis arrêté, fasciné par le tapis persan rouge et gris avec des motifs de visages. Ils bougeaient lentement, passant d'une expression à une autre. Puis un petit chien blanc fendant l'air avec sa queue est apparu, excité comme si on se connaissait déjà. Je l'ai pris sous mon bras et je me suis mis à lui gratter une oreille.

— Toi, tu t'en viens avec moi.

Le décor du bureau s'était transformé. D'autres enfants avaient rejoint Jules qui, couché sur le dos, contemplait une meute de loups hurler sous la pleine lune. Mon bureau semblait être devenu une salle de cinéma, avec tout ce que cela comprend. En allant me chercher une poignée de bonbons à un comptoir, j'ai réalisé que je marchais sur du pop corn et que le bruit en amusait plusieurs. J'ai fait semblant de ne pas savoir d'où venaient les sons, et j'ai avancé et reculé jusqu'à les faire se tordre de rire. Après mon petit numéro, je me suis assis en déposant le chien. Absorbé dans la contemplation des loups, Jules n'avait pas encore vu son ami. Il a fallu que le chien aille lui lécher le visage pour qu'il l'aperçoive et se mette à crier, excité :

— C'est Cornichon !

Les retrouvailles étaient émouvantes. Surtout quand on réalisait que les deux meilleurs amis n'avaient pas survécu à l'accident décrit sur la fiche. Je les ai regardés en me disant que c'était la scène la plus glauque que j'avais jamais vue. C'est pendant que je me demandais quel était le protocole pour retourner quelqu'un à la vie que tout a disparu. Sauf le chien, qui m'a dévisagé en pleurant. Je l'ai pris sur mes genoux en lui flattant le museau.

— J'suis désolé, j'pensais que t'allais le suivre. Tu te demandes qu'est-ce qu'on fout ici, hein?

Puis je lui ai chuchoté:

— On va bien s'entendre: j'ai eu une chienne de vie. Pas longue mais chienne...

J'ai attendu je ne sais pas combien de temps qu'une autre personne vienne à ma rencontre. Assez longtemps pour que je me couche par terre en boule avec Cornichon en fermant les yeux. J'essayais de ne pas revoir la scène, mais elle jouait en boucle dans ma tête: le sang à mes pieds, les cheveux noirs de Suzie autour de son visage livide, le corps de Tito entre le beurrier et son paquet de cigarettes. Et ce silence. Ce silence aussi alarmant qu'un cri de détresse. Ce moment où tout semble figé sans option pour reculer. Qu'une seule option pour avancer coûte que coûte et à trop grande vitesse pour qu'on puisse tout encaisser d'un coup.

Petit, j'avais trouvé un certain réconfort dans les cris des chicanes, dans le son des portes qui claquent, dans les murs qui se faisaient trouer à coups de marteau. Lorsqu'elles n'étaient pas d'accord, Suzie et Tito n'avaient pas de limites. Une fois l'orage passé et les deux furies reparties chacune de leur côté, je restais terré dans ma chambre, l'oreille tendue. Alors le bruit de ma respiration et les battements de mon cœur prenaient toute la place, et c'était plus angoissant que tout ce que je venais d'entendre.

Une petite voix d'enfant m'a sorti de mes souvenirs.

— Cornichon !

Jules Adams était de retour dans son pyjama bleu à motif de têtes de robots. Je me suis levé, paniqué.

— Qu'est-ce que tu fais là, t'as pas d'affaire ici, ta vie est pas finie, là !

Il m'a pointé un trou dans sa bouche.

— As-tu vu ? J'ai perdu une dent l'autre jour. La fée des dents est passée, j'ai eu une piasse ! C'est pas assez pour m'acheter une slush, mais je peux avoir trois bonbons avec ça. Aimes-tu ça les grenouilles en jujube, toi ?

En le prenant par les épaules, je l'ai déplacé afin de pouvoir sortir du bureau.

— Reste ici, OK ? J'vais appeler le monsieur de tantôt, y va arranger ça, tu vas retourner avec ta famille. Tu bouges pas, Jules, OK ?

J'aurais voulu l'empêcher de sortir du bureau, mais il a pris son chien dans ses bras et il est sorti, s'engouffrant dans le corridor maintenant envahi par une forêt tropicale. Les feuilles multicolores des acajous ondoyaient au gré des rires des autres enfants qui, au loin, invitaient Jules à les rejoindre. J'ai crié. Je lui ai dit de revenir, je lui ai dit que ses parents l'attendaient de l'autre côté, qu'il aurait toute la vie pour jouer. Je lui ai promis que j'allais trouver une forêt encore plus belle pour qu'il puisse y emmener sa sœur et Cornichon, je lui ai dit que je connaissais un extraordinaire magasin de bonbons. J'ai hurlé jusqu'à ne plus avoir de voix. La tête posée sur l'épaule de son petit maître, Cornichon me regardait rétrécir au fur et à mesure que s'éloignait Jules. J'ai couru. Et plus je courais, plus le corridor s'allongeait. Le rire de Jules s'est mélangé à celui des autres enfants, puis la jungle a disparu, ne laissant qu'un corridor blanc. J'ai couru encore plus vite, en espérant qu'ils réapparaissent. J'aurais pu continuer longtemps, je n'étais pas essoufflé. Au moment même où j'ai réalisé que je faisais du surplace, l'homme est apparu devant moi. J'ai éclaté de rage.

— Il a juste cinq ans ! Cinq ans, calvaire ! Cinq ans !

— Vous ne décidez pas de tout, Will. J'aurais dû vous prévenir.

J'étais prêt à me battre, prêt à me défouler sur lui. J'aurais pu lui faire éclater les dents une à une. Je me suis plutôt penché en cachant mon visage dans mes mains. Si en courant je n'étais pas essoufflé, là je cherchais mon air. L'anxiété envahissait mes jambes, mon ventre, ma respiration. Entre mes doigts, j'ai chuchoté :

— J'serai pas capable. Tuez-moi tout de suite. De toute façon, c'est presque déjà fait, non ? Vous vous êtes trompé, j'ai aucun discernement.

J'ai senti deux mains se glisser sous mes aisselles et me relever doucement.

— Calmez-vous. Vous avez tous la même réaction au début. N'oubliez jamais que vous triez, mais que nous disposons. N'essayez pas d'intervenir ni de comprendre. Compreniez-vous tout de la vie ? Non. C'est pareil ici. Gardez votre énergie et suivez-moi. J'ai quelque chose à vous montrer.

La projection

On a marché en silence jusqu'à un ascenseur vitré. Mon vertige m'a fait hésiter, en quête d'une autre option.

— Oubliez l'escalier, on n'a pas de temps à perdre ici et, surtout, pas de cardio à améliorer.

L'homme souriait, fier de sa blague. Je n'étais pas d'humeur à rire. Quand nous sommes arrivés en bas, la porte s'est ouverte sur une grande salle blanche rappelant un musée aux murs encore vierges. Je me suis avancé au milieu de la pièce et c'est là que tout est devenu noir pendant quelques secondes. La voix de Lou m'a fait me retourner. Je la cherchais, ne comprenant pas d'où venait le son. Sur le mur devant moi sont apparus David, Christophe et Lou. J'ai vu mon corps par terre.

— C'est quoi, ça ?

L'homme était à mes côtés, sirotant un café.

— C'est votre projection privée. On a pensé que vous aimeriez savoir ce qui se passe de l'autre côté pendant que vous êtes ici.

Je l'ai regardé, me disant que j'étais en enfer.

— J'comprends pas, est-ce qu'y faut que j'sois content de voir ça ?

— Content ? Non. Vous n'êtes pas un psychopathe. Mais est-ce que ces visions peuvent vous motiver à nous aider pour que vous retourniez plus vite auprès d'eux ? Sûrement.

David parlait au téléphone, donnant l'adresse de l'appartement, spécifiant qu'il y avait, en plus de moi dans la ruelle, deux autres victimes à l'intérieur. Christophe était sous le choc, appuyé contre la clôture de la ruelle, le regard perdu dans le vide. Lou était à genoux devant moi et me frappait au thorax en m'implorant de me réveiller.

— Arrêtez, j'veux pas voir ça.

L'homme, qui ne semblait pas du tout ébranlé, a calé le fond de sa tasse.

— Comme vous voulez.

La projection s'est arrêtée, les lumières se sont rallumées.

— J'veux juste faire ce que vous attendez de moi.

Il m'a regardé, satisfait.

— D'accord, Will.

— Avez-vous un nom ?

— Oui, mais vous ne vous souviendrez pas de moi, de toute façon.

— Si vous me le dites pas, je vais vous en choisir un. Vous aimerez peut-être pas ça... J'ai beaucoup d'imagination.

C'était con, mais dans les circonstances, ça me faisait du bien de lui faire un peu de chantage. Cela dit, je bluffais. Je n'aurais jamais osé l'insulter par peur de possibles conséquences.

— Je m'appelle Claude.

J'ai fait semblant d'être soulagé en mettant une main sur mon torse.

— Vous êtes passé à deux doigts de vous faire appeler Maître.

— Maître ? C'est décevant. Vous auriez pu faire mieux.

J'ai souri.

— Ne me tentez pas, Claude.

Les portes de l'ascenseur se sont ouvertes et j'ai compris que je devais retourner au bureau.

— Faites attention, nous irons vite, vous êtes attendu.

Je n'ai pas eu le temps d'intégrer l'information que nous étions déjà sortis de l'ascenseur. Au fur et à mesure que je marchais, j'avais l'étrange impression que je connaissais mon prochain client. J'ai poussé la porte et je l'ai vu assis, entouré d'une dizaine de chats.

— Minou ! Qu'est-ce que tu fais là ?

Lou dans la ruelle des Vieux Chats

— C'est donc ben long !

— Y s'en viennent…

J'ai mal au cœur. Je regarde Will, étendu. Je vois son chandail s'imbiber de sang. Je martèle son thorax. De toutes mes forces, de toute ma rage, de tout mon amour. Je crie son nom. Je ne sais pas quoi faire, je ne sais pas quoi lui dire. Mais je crie quand même. J'ai peur de prendre son pouls. Je me doute que c'est un cadavre que j'ai devant moi. J'ai trop attendu pour lui dire des choses. Je le frappe encore. Partout. Sur le torse, au visage. J'essaie de le prendre dans mes bras, il est trop lourd, trop mou. Ça ne peut pas se terminer comme ça. Ici. David fait les cent pas en sacrant. Ça m'étourdit. Je pense à la mère et à la grand-mère de Will. Christophe n'a pas bougé depuis qu'il a tiré. Il est en état de choc. David me dit qu'il entend les sirènes de police. J'ai les oreilles qui bourdonnent. J'ai mal au cœur. Will, quitte-moi pas.

Minou

Il y avait des chats partout. Minou en flattait un en lui chantant une comptine, la même qu'il m'avait apprise à cinq ans. Quand il a eu fini, il s'est retourné vers moi en fronçant les sourcils.

— Will ?

— C'est ben moi…

Je ne savais pas s'il comprenait où on était et je voulais prendre mon temps pour le lui annoncer. L'air embarrassé, il s'est gratté la tête en riant.

— J'suis mort ?

— J'pense.

— Toi aussi ?

— Ç'a l'air… Mais pas pour longtemps.

J'étais content qu'il ne relève pas ma dernière phrase. Je n'aurais pas su comment lui expliquer ma situation. On est restés un moment silencieux, à regarder les chats jouer. La pièce était remplie de pelotes de laine, de petits jouets à grelots, de plumeaux. Ce n'était pas une coïncidence s'il se retrouvait ici en même temps que moi. Je l'ai regardé longtemps. Je ne l'avais jamais vu sous un meilleur jour. Sa barbe était taillée, ses cheveux propres. Il portait un complet noir, un peu trop grand, mais qui lui donnait fière allure avec son t-shirt des Rolling Stones. J'étais curieux de savoir s'il se souvenait de quelque chose.

— Qu'est-ce qui est arrivé ?

Et comme lors de ma projection, tout est devenu noir puis un grand écran s'est illuminé devant nous. On a vu Minou par terre, devant le hangar, inanimé. Chaton parlait avec une policière, lui racontant chaque détail du drame. Puis l'écran a disparu.

— Le sacrament, y m'a tiré de même, gratuitement, en passant à côté de moi ! J'suis vraiment mort, là ? Esti de rapace…

J'étais ébahi par tout ce que Didier avait réussi à faire en quelques minutes.

Un seul mot me venait à l'esprit : carnage. Didier avait tué Suzie, Tito, Minou et moi. Je n'arrivais pas à m'enlever de la tête qu'on serait encore tous vivants si je ne m'étais pas défendu, la nuit de l'agression.

Minou s'est levé et a fait le tour de la pièce en sacrant. Quelques chats l'ont suivi en se frottant contre ses jambes. Et pendant qu'il marchait de long en large en répétant que Didier était un « esti de trou d'cul », des flocons se sont mis à tomber doucement sur nous. J'ai levé la tête, cherchant leur provenance. Minou m'a dévisagé, incrédule.

— On est où, icitte ? C'est la première fois que j'ai pas frette quand y neige…

Le vent s'est levé et on a regardé les bourrasques de neige tourbillonner autour de nous. Les flocons s'accumulaient à nos pieds à une vitesse folle. Minou tournait lentement sur lui-même en chantant *I'll Be Home for Christmas.* Puis il s'est couché sur le dos et s'est mis à battre des jambes et des bras.

— Regarde ça, Will : un ange qui fait l'ange !

— Mets-en pas trop. T'es peut-être mort, mais t'es pas un ange…

Cette boutade m'a attiré une boule de neige en pleine face et j'ai aussitôt pris ma revanche. J'avais souvent entendu Minou rire, mais là, on aurait juré un enfant pris d'un fou rire. Façonner des boules de neige à mains nues sans ressentir la morsure du froid et les lancer de toutes mes forces m'apportait une satisfaction indescriptible. Je n'avais jamais fait d'aussi belles boules, rondes, lisses, parfaites. Je ne sais plus combien j'en ai reçu et lancé. Puis, lassés de jouer à la guerre, on a roulé chacun une boule jusqu'à ce qu'elles grossissent et deviennent la base de nos bonhommes de neige. Tout ce dont nous avions besoin pour le décorer se trouvait à portée de main : chapeaux, foulards, pierres pour les yeux et la bouche, carottes. Quand on a eu terminé, Minou a dit :

— D'habitude, c'est moi l'bonhomme de neige…

Je l'ai regardé en souriant. C'est vrai que les hivers étaient toujours difficiles pour lui qui ne voulait jamais quitter la ruelle. Tito avait souvent essayé de le faire changer d'idée et de le diriger vers les refuges pour qu'il soit au chaud, au moins durant les nuits les plus froides, mais il se fâchait chaque fois. Quant à venir dormir à l'appartement, il ne voulait pas en entendre parler. « La shed, c'est mon spot. J'ai 57 ans, ça fait des années que j'suis icitte pis j'vais y rester aussi longtemps que j'vais être en vie. C'tu clair ? » On avait continué à aller lui porter des vêtements, des couvertures, des restants de nos soupers, mais en ne faisant plus allusion aux prévisions de grand froid.

Minou s'est approché de son bonhomme, lui a enlevé sa carotte et en a pris une grosse bouchée. Il a fermé les yeux en exagérant le son de sa mastication. Il me narguait. Il savait que je ne supportais pas d'entendre les gens manger. J'ai pris le nez de mon bonhomme de neige et j'ai fait la même chose. Deux grands enfants dans un duel niaiseux ! Quand on a eu fini de faire les cons, il m'a regardé et, tout en continuant de mâcher, m'a dit :

— Penses-tu qu'on peut manger ici ? Autre chose qu'une carotte, mettons.

C'était une bonne question.

— Je sais pas... T'aurais envie de quoi ?

Ses yeux se sont illuminés et au travers d'eux, je pouvais voir tout ce qu'il imaginait. Je m'attendais à ce qu'il se lance dans une énumération interminable de plats raffinés, mais non. Devant nous sont apparues une assiette remplie de sandwichs au beurre de pinotte et confiture, et une autre avec ce que j'avais visualisé de mon côté: des canapés de toutes les couleurs. J'ai pouffé de rire en découvrant son souhait.

— T'es pas exigeant!

Il s'est approché doucement des sandwichs en mettant ses mains au-dessus comme s'ils étaient fragiles et précieux.

— Ça me rappelle chez nous, quand j'étais petit. C'était notre snack à mon frère pis moi quand on rentrait d'aller jouer dehors. Pis toi, t'es ben snob!

J'ai jeté un œil sur mon assiette, intrigué. Je n'aurais pas su nommer la moitié des aliments qui étaient empilés sur les craquelins et j'étais intimidé devant ces œuvres d'art semblables à des inuksuit. J'ai choisi celui qui me semblait le plus appétissant. En fait, c'était les minuscules boules rouges sur le dessus qui m'attiraient. On s'est assis à côté de nos bonhommes de neige et pendant que Minou dévorait ses sandwichs, j'en étais encore à examiner mon canapé.

— C'est des œufs de lompe, a dit Minou entre deux bouchées.

Étonné, je l'ai regardé.

— De lompe ? C'est quoi ça ?

— Un poisson. On l'appelle aussi : grosse poule de mer.

Sceptique, j'ai attendu pour voir s'il allait me dire qu'il me niaisait, mais non, il a levé le doigt :

— J'suis p't'être un criss d'itinérant, mais j'suis un criss d'itinérant cultivé !

Avec tous les livres que je lui fournissais depuis des années, je n'avais jamais douté de sa culture générale.

— Tu connais ça d'où ?

— Pourquoi ?

— Ben j'veux savoir.

— Tu me crois pas ?

— J'te crois, mais comment ça se fait que tu connais ça ?

— Si t'en manges un, j'te l'dirai.

J'ai fermé les yeux et j'ai ouvert la bouche en avançant lentement ma main qui tenait le biscuit. Rendu sous mon nez, le canapé dégageait une odeur répugnante.

— Heille, *fuck off,* tu peux crever avec ton secret, j'mange pas ça.

Minou a éclaté de rire en s'étouffant dans sa beurrée de beurre de pinotte. Au bout de quelques secondes, il a mis la main devant sa bouche en disant :

— Crever avec mon secret ! T'es cave, j'suis déjà mort !

J'ai ri aussi. C'est vrai que c'était ironique. J'aurais aimé avoir assez d'orgueil ou de courage pour croquer dans les œufs, mais juste imaginer ces petites horreurs éclater dans ma bouche me levait le cœur. Je pensais à Lou, ce fin gourmet qui nous parlait souvent de ses plats préférés des grands restaurants. Pour moi, un grand restaurant, c'était celui qui avait assez de place pour que je puisse mettre mon manteau sur la banquette à côté de moi. J'aurais aimé avoir cette curiosité de découvrir de nouvelles saveurs, mais un repas n'était pour moi qu'une façon de faire le plein pour continuer à avancer, pas une expérience. Je me suis levé et j'ai redéposé le canapé là où je l'avais pris.

— J'peux-tu prendre un de tes sandwichs ?

Minou a pris une voix haut perchée :

— Les petites bouchées d'œufs de grosse poule de mer ne plaisent pas à la grosse poule de luxe ?

J'ai fait mine de fabriquer une nouvelle boule de neige. Il a levé les deux mains en l'air.

— C'est beau, c'est beau… Prends tout ce que tu veux.

On a mangé nos sandwichs en se disant que c'était une excellente recette, trop rarement proposée par les grands chefs étoilés.

J'allais lui demander de me parler de son frère quand mon attention a été attirée par un filet de hockey, deux bâtons et une rondelle, au loin, derrière lui. J'ai pointé le tout en disant:

— Pour toutes les fois où tu m'as regardé jouer, ça te tente-tu de jouer une game?

Il a passé une main dans son visage, nerveux.

— J'suis pus certain de savoir patiner pis de connaître les règlements...

— Heille, on s'en sacre, y a pas de glace pis pas de règles, OK?

On a joué longtemps comme des fous furieux, en se plaquant d'autant plus violemment qu'on ne ressentait aucune douleur. Il savait très bien comment rentrer la rondelle dans le but et devait tout autant savoir patiner. J'avais mal aux joues à force de rire en entendant autant sacrer Minou, exalté par le tour du chapeau qu'il venait de compléter.

Minou était intelligent, instruit, doué. Je n'avais jamais su ce qui l'avait amené à vivre dans la rue. J'aurais aimé lui poser la question, mais je ne voulais pas gâcher le moment. Je me suis relevé après avoir tenté d'arrêter un de ses lancers et j'ai appuyé mon menton sur le bout de mon bâton de hockey.

— Heille... J'sais que c'est weird, mais j'peux te retourner si tu veux.

Il a froncé les sourcils avant de regarder derrière lui.

— Me retourner où ?

— En bas.

— Vivant ?

— Si tu veux, j'peux, oui.

Il s'est approché de moi et m'a pris par le collet. Je sentais son souffle sur mon visage.

— Comment ça, "si je veux" ? Tu me demandes si j'veux revivre parce que j'suis dans' rue avec mes poubelles pis mes sleeping bags ?

Je suis resté silencieux en observant son regard, en quête de la meilleure réponse.

— Tu penses que j'veux crever, c'est ça ?

J'ai bégayé le début de ma phrase, nerveux.

— Je... J'voulais pas t'insulter, j'pensais que...

Il m'a lâché en me coupant la parole.

— Tout l'monde "pense que". Pensez moins, ça va nous rendre service.

Il a laissé tomber son bâton et m'a pris dans ses bras. Puis, après quelques secondes, il s'est dégagé, s'est essuyé les yeux et m'a donné une grande claque dans le dos.

— C'est la dernière fois qu'on se voit, c'est ça ?

— Non, non... J'ai juste des trucs à faire ici et j'retourne te voir dès que j'peux. Prépare-toi parce que j'vais t'apporter une tonne de livres, tu sauras pus où les mettre dans ton royaume.

— Mon royaume... Y sert pus à grande-chose, mon royaume...

J'essayais de faire des blagues, mais j'étais aussi ému que lui.

Au moment où il ouvrait la bouche pour me répondre, la neige s'est retirée et il a disparu avec tout ce qui nous entourait.

Mon carnet

1er janvier 2017

Mon cerveau est comme une guenille, mais une guenille propre: je sors de la plus longue douche que j'ai jamais prise. C'est con, mais j'ai passé vingt minutes en tenant le pommeau de douche au-dessus de ma tête, comme si j'avais besoin de laver tout ce que j'ai entendu de débile hier soir. Le réveillon chez David m'a découragé. Pourtant, je n'ai pas beaucoup bu, mais j'ai eu des conversations troublantes avec des gens qui étaient excités de changer d'année parce que «*New year, new me!*», tsé. Tant qu'à dire des niaiseries de même, aussi bien se la fermer ou se l'ouvrir juste pour avaler une partie du buffet de fin de soirée.

J'ai écouté une fille parler des résolutions qu'elle allait prendre dès le lendemain, au jour de l'An. À l'entendre, on aurait cru qu'il allait se passer un miracle dans la nuit et qu'elle se réveillerait complètement transformée. Elle n'a pas aimé que je lui dise que les années s'enchaînent l'une à l'autre et qu'on est la même personne qui déboulonne les heures pour en faire des jours, des semaines, des mois et des années.

Et si tu es chanceux, tu passes à travers tout ça sans égratignures. Mais si on vient de là d'où je viens, tu serres les dents, les fesses, et tu pries pour que les cordes avec lesquelles tu t'es rapiécé le cœur tiennent bon. Jeune, je n'avais pas grand-chose sous la main. Qu'une ficelle qui menaçait de s'effilocher toutes les fois où je recevais un autre coup. En vieillissant, j'ai appris à prendre de la corde avec le bon diamètre pour m'assurer de sa maniabilité et de sa durabilité. Et quand tu es un professionnel, tu ne t'approches pas de tout ce qui pourrait l'effiler: l'amour et les enfants.

Je suis le petit gars de la ruelle, celui qui a commencé à fumer à 12 ans, celui qui s'est caché pendant des années dans une garde-robe à regarder des photos de jouets. Le grand adolescent maigre au visage ingrat qui aurait donné n'importe quoi pour pouvoir vivre ailleurs que chez lui et qui a commencé à se geler la face pour oublier. Même si j'aimais ma grand-mère de tout mon cœur, en vieillissant, j'ai compris qu'elle était pourrie et qu'elle avait contaminé ma mère. Et moi, comme une patate, j'ai vu mes tubercules pousser et menacer de s'infecter. Mon désir d'avoir un enfant se bute contre deux choses: la peur de l'abîmer et celle de lui léguer ma face.

Et l'option de me reprendre quand je serai grand-père, comme un acteur mieux rodé à la deuxième soirée de son spectacle, n'est pas incluse. Quand le scénario est mauvais, l'artiste peut bien tout donner, mais la représentation ne sera pas meilleure. Tito m'a offert ce qu'elle pouvait, mais les critiques de son show seraient terribles. Possiblement qu'elle m'a donné plus d'affection qu'à sa propre fille, mais c'était un amour maladroit et malade. Dans la suite logique des choses, comment je pourrais être un bon père ? Est-ce que j'ai eu assez d'affection pour en générer ? Est-ce qu'on peut soigner un amour fucké pour en offrir un qui soit sain ? Et peut-on en inventer à partir de si peu ?

Si je pouvais m'exercer avant, ça me rendrait service. Ça me garantirait que scrapper un humain n'est pas héréditaire. Même avec beaucoup d'efforts et de volonté de bien faire. Parce qu'on ne se mentira pas : quand un enfant est brisé par ses parents, les réparations existent mais demandent de l'entretien pour toujours. On s'encourage en cherchant des histoires pires que les nôtres, on se raconte des mensonges en pensant que l'adulte qu'on devient saura apaiser et sauver le petit blessé en nous. Comme si, en vieillissant, on devenait deux personnes distinctes.

Mais surprise : c'est un inconnu qui nous aide à danser dans nos plaies en échange d'argent. On paye cher pour avoir un endroit où on se dévoile et se met à nu. En l'espace de soixante minutes, l'exposition de nos bobos est intense et on nous demande de les expliquer, les délimiter, réaliser l'ampleur de leurs dégâts. Par lequel commencer ? Quelle lésion mérite d'être examinée en premier ? Prudents et fiers, on préfère exhiber celles qui sont presque guéries. Aurons-nous le temps de plonger dans les plus profondes ?

Souvent, nos vieilles blessures deviennent comme des œuvres d'art : il n'y a rien à en dire. On constate, on observe et on s'incline devant ce qui est plus grand que nous. Et comme dans un encan, on donnerait n'importe quoi pour que quelqu'un lève la main et offre de prendre quelque chose dans le lot. Juste pour nous alléger. Mais non, personne ne veut rapporter ça chez lui. Nous non plus, d'ailleurs. « Allez, prenez. Je vous les offre. Ne salissez pas vos murs en les accrochant. Faites plutôt un feu de joie en les crissant au milieu. Moi ? Oui, j'y ai souvent pensé, mais je me brûlerais avec les braises. »

Toujours en représentation, le temps passe et juste quand on se sent plus à l'aise de faire le tour de la galerie, ce temps est écoulé. On doit remballer nos lourds artefacts sous les yeux de l'inconnu qui nous balance quelques conseils avant qu'on reprenne vite possession de ce qu'on vient d'étaler.

« Excusez-moi… Auriez-vous du papier bulle, du papier journal, au pire, du carton ? J'pense que j'vais tout échapper en sortant d'ici pis j'ai peur. J'suis pas habitué à déballer tout ça. Ou pouvez-vous m'aider à les remballer ? Non ? OK. J'me dépêche. »

Le point positif, c'est que le cœur est toujours plus gros à ce moment-là. Comme s'il savait qu'il devait se faire plus dense pour qu'on puisse ranger rapidement tout ce qu'on a étalé et reficeler le tout.

Est-ce que je juge l'humain qui en paye un autre pour lui raconter ses traumatismes ? Non. Au contraire, je me demande comment font ces gens-là pour s'ouvrir de haut en bas et sortir leurs tripes devant quelqu'un en aussi peu de temps. Ça me fait penser à la fois où j'ai fait tomber un pot de sauce à spaghetti par terre. Ma petite cuisine avait l'air d'une scène de crime. Ça m'a pris deux heures à tout ramasser et j'ai trouvé des gouttes croûtées des semaines plus tard.

C'est la même chose en thérapie. On te demande de balancer tes pots de sauce en échange de quelques serviettes pour ramasser les dégâts. Tant mieux s'il y en a pour qui ça fonctionne et que ça apaise. Mais dans le fond du tiroir, les serviettes restent quand même tachées. Dans mon cas, j'ai crissé mes pots dans le congélateur depuis longtemps. La première étape serait de les lancer pour casser le Tupperware qui est devenu dur comme un bouclier. Et ça, c'est pas gagné.

« *New year, new me* » ? Heille. *Fuck off.* Ce n'est pas en changeant de calendrier qu'on devient une autre personne. Malheureusement.

À toi qui lis mon carnet : prépare-toi. Tout ce que j'ai en tête, je vais l'écrire. Sans me poser de question, sans filtre, sans me demander si je vais trop loin. C'était un jeu dangereux de vouloir tout savoir de nous, Lou. Mais je vais jouer. Et surprise : j'écris des poèmes des fois.

Will xx

J'te regarde au loin
Pis tu me déranges
Même quand tu fais rien
Tu me tords le dedans

J'vaux pas cher la livre
En tout cas, moins que d'la poudre
L'accès à ma tête
Un cul-de-sac décevant

J'suis décembre dans ton juillet
Un coup de poing dans le système solaire

La ruelle m'invite
M'éclater ma tête
« Pauvre gars. Même en graffiti y est
insignifiant »

Mes voyages se mesurent à la verticale
Pro de la profondeur
Fosse sous-marine

Pis t'arrives avec ton maillot
« J'suis bonne nageuse »

OK.
Mais présente-moi ton lac
J'suis pus capable d'la mer

Chloé Fiset

Pour passer le temps, j'ai réaménagé mon bureau et j'ai demandé à Claude d'avoir des fenêtres qui ont vue sur un lac. Je n'avais jamais eu la chance de quitter la ville. Je pense que je ne l'avais jamais fait à cause de Tito. La savoir loin m'aurait inquiété. L'emmener avec moi n'était pas possible, elle n'avait jamais voulu quitter son quartier.

Je me suis demandé si Minou se rappellerait notre rencontre. J'ai espéré que non, ç'aurait été trop weird de se reparler de notre partie de hockey en enfer. L'enfer. Je l'avais souvent imaginé avec des supplices insoutenables. Maintenant je sais que ça ressemble plutôt à un hôpital où les gens ne se rendent pas compte tout de suite qu'ils sont morts et, surtout, ignorent que des parfaits inconnus vont décider de leur sort.

Je suis resté longtemps au bord de la fenêtre à regarder des oies se poser sur le lac. J'aurais aimé ne pas avoir de temps pour réfléchir et être tout de suite submergé par ce qu'on attendait de moi. Je ne m'expliquais pas que la salle d'attente que j'avais vue plus tôt soit remplie et qu'on m'envoie des gens au compte-gouttes. Au moment où j'ai posé une fesse sur le coin de mon bureau, Chloé Fiset est entrée comme la première fois : en coup de vent.

— *Fuck !* J't'encore ici ?

J'avais envie de lui dire d'aller voir quelqu'un d'autre, qu'ils étaient, supposément, des milliers à faire la même job que moi, mais elle me regardait avec ses grands yeux, me suppliant de l'aider. Je n'avais pas envie de m'immiscer dans sa vie, j'aurais mieux aimé la retourner sans poser de questions, mais je voulais en finir au plus vite avec ma condamnation.

— Assieds-toi pis raconte-moi toute.

En m'entendant, je me suis trouvé quétaine. Elle aussi, sans doute, car on a ri. Chloé a respiré profondément et elle a essayé de m'expliquer. Je la regardais s'embourber dans les détails, les digressions. Plusieurs fois, j'aurais aimé qu'elle parle moins vite, plus fort, pour que je puisse comprendre. Et je me suis rappelé que Claude m'avait dit que je pourrais être projeté dans sa vie pour que je sois à même de prendre une meilleure décision. À cet instant, la lumière s'est tamisée, les murs se sont couverts de graffitis et nous n'étions plus seuls. Je me suis levé pour faire le tour des lieux. La scène ressemblait à nos partys chez David. Au fond, autour d'une petite table ronde, quelques gars jouaient aux cartes. Chloé chuchotait, inquiète.

— Comment ça, on est au bunker? T'as pas le droit d'être là...

— J'pense que personne nous voit. C'est quoi, le bunker?

— L'ancien magasin de souliers Demers. Ç'a passé au feu pis y l'ont jamais rénové. On s'est fait une place pour chiller.

J'aurais aimé que mon sens de l'odorat ne fonctionne plus. Ça sentait le vomi, la pisse, la cigarette avec une touche de parfum cheap. Le corps nu de Chloé était étendu sur une chaise longue, flanqué de deux filles en panique devant un cellulaire, visiblement trop gelées pour expliquer ce qui se passait à la personne à l'autre bout de la ligne. En m'approchant, j'ai eu la nausée. Le visage de Chloé était tuméfié, bleu. Ses seins portaient plusieurs marques rouges. Du sang sortant de sa vulve coulait le long de sa cuisse. Je me suis retourné vers elle en pointant la chaise.

— T'es là...

Chloé s'est approchée à son tour et s'est accroupie devant elle-même. D'une main tremblante, elle a touché ses cheveux blonds, sa poitrine. Doucement. J'essayais de détourner le regard, mais c'était aussi beau que triste d'être témoin de cette rencontre invraisemblable. À cet instant, j'ai voulu créer un lien, lui dire que je comprenais peut-être un peu.

— Ma mère aussi s'est…

Elle a levé la tête.

— S'est quoi ?

Je me suis figé. J'aurais mieux aimé qu'elle comprenne sans que je doive préciser. Voyant mon malaise, elle s'est relevée, agressive.

— S'est fait quoi ? Dis-le ! Ta mère aussi s'est fait quoi ?

Elle criait.

— Ta mère aussi s'est fait violer par une esti de gang de gars pendant qu'elle était en overdose ? C'est ça ?

On s'est regardés. Longtemps. J'ai osé briser le silence en lui demandant doucement :

— Ça fait combien de fois qu'on te réchappe ?

— Trois fois.

— Pis tu meurs toujours par overdose ?

— Ç'a l'air.

— Pis tu consommes depuis quand ?

Je savais qu'elle faisait semblant de réfléchir. C'était la même chose quand on me posait la question.

— Longtemps.

— As-tu déjà été capable d'arrêter ?

J'avais en face de moi une fille magnifique avec des yeux profonds. Je reconnaissais ce regard blessé.

— J'suis frileuse. J'me suis habituée à porter un *suit* d'hiver aux quatre saisons.

Quelqu'un d'autre n'aurait pas compris, mais j'avais la même image en tête quand j'essayais d'affronter mes émotions à froid.

— Même chose pour moi...

Elle m'a regardé, incrédule.

— T'es pogné là-dedans, toi aussi ?

Je savais que si je m'embarquais dans cette conversation, on allait sympathiser et je ne voulais pas m'attacher. De toute façon, je n'avais pas envie de parler de moi. J'ai vaguement répondu à sa question.

— J'suis pas rendu à porter des shorts pendant l'été, mais j'essaie d'enlever ma tuque au printemps, mettons.

Elle a semblé satisfaite de ma réponse.

Le bunker a disparu et on s'est retrouvés dans une chambre mauve remplie de poupées et de toutous. J'ai souri, me disant que c'était le genre de décor que Lou avait dû avoir, plus petite. Juste à voir le mobilier de chambre de princesse, j'ai pensé que les propriétaires de cette maison ne devaient pas être pauvres.

— C'est chien d'me faire ça.

J'ai levé les mains dans les airs pour clamer mon innocence.

— J'ai rien fait, ça se fait tout seul.

Je savais que je devais me taire pour qu'elle continue à se confier. Je me suis assis par terre et j'ai attendu. Elle m'a imité après un moment et on était maintenant face à face.

— J'avais une sœur jumelle. On partageait la même chambre.

— Est morte ?

— Pour moi, oui. J'veux juste rien savoir de sa vie parfaite.

— J'pense que pour toi pis moi, notre barème est pas très haut si on parle de vie parfaite. Tout le monde a ses problèmes…

Elle a lancé la poupée qui était la plus proche d'elle. On l'a regardée ricocher sur un château de Lego. Fâchée, elle a crié :

— Coudonc, te prends-tu pour Dieu ? Penses-tu que j'le sais pas que tout le monde rushe ?

Elle avait raison. On ne se connaissait pas et pour retourner à ma vie, je devais m'immiscer dans la sienne et la comprendre afin de prendre une décision. Ce n'était pas mon genre de juger ni de faire la leçon, mais malgré ma maladresse, je devais en finir avec son dossier pour faire avancer le mien.

— Tsé, Chloé, j'aimerais ça m'en crisser, de ton histoire. Mais tu l'sais, ç'a l'air que tu dois passer par moi pour retourner ou pour rester. Penses-tu que ça me tente de jouer ce rôle-là ? On m'a juste dit que je devais trier du monde et choisir s'ils pouvaient retourner dans leur vie ou non. J'suis pas mieux que personne, j'sais pas pourquoi j'ai été choisi. Ton bunker de tantôt m'a pas impressionné : notre logement ressemblait à ça quand j'étais p'tit. J'vais sûrement avoir à dealer avec des conséquences parce qu'on s'attend à c'que ça soit moi qui prenne la décision, mais j'le ferai pas à ta place. Dis-moi juste qu'est-ce que tu veux faire à partir de maintenant.

Elle me regardait comme une enfant prise en défaut. J'ai eu pitié d'elle. Elle s'est levée et a fait le tour de sa chambre plusieurs fois en passant lentement sa main sur le papier peint avec des fleurs en relief. Puis elle s'est arrêtée et m'a souri. Je savais qu'elle allait prendre la bonne décision, je savais qu'elle en était capable et qu'avec beaucoup d'aide, elle repartirait à zéro et réussirait tout ce qu'elle entreprendrait dans sa nouvelle vie.

— Ça me tente pus. J'suis fatiguée, Will.

Bouche bée, j'ai froncé les sourcils. J'ai eu envie d'essayer de la raisonner, mais je devais être conséquent avec ce que je lui avais dit plus tôt : je ne déciderais pas pour elle. Comme lors de notre première rencontre, deux lucioles tournaient autour d'elle. On les a observées et l'instant d'après, j'étais à mon bureau. Chloé n'était plus là et Claude était de retour, debout près de la fenêtre.

— Venez voir, Will, il y a des oies qui s'envolent.

Mon carnet

19 janvier 2017

Tes bras, tes cuisses
La forêt que j'te construirais
Le lac que j'ferais pousser
L'aurore qui te ferait danser

Tes seins, tes fesses
Nos cœurs comblés mais disparates
Joues enflammées

Ma main évanouie dans ton dos
Lumière bleutée, presque indigo

Ton visage, tes cheveux
J'ai pas grand-chose à t'offrir

Ma tête, ma folie
J'dois t'oublier

M'ouvrir le cœur
T'extirper
Boucher le trou avec d'la gravelle
Recoudre le tout à grands coups de pelle

Les oiseaux imitent ton rire
Avec ma carabine, sur eux, j'pratique mon tir
J'vise à côté, j'fais exprès pour rater
J'les supplie de chanter encore et encore
C't'un pansement sur tout mon corps

Pas convaincu

Accoté sur le bord de la fenêtre, j'ai longuement contemplé le spectacle. On aurait dit une valse où tous les danseurs auraient été habillés de blanc. Je savais qu'il devait y avoir une raison à la présence de ces oiseaux.

— Qu'est-ce que ça signifie ?

Claude m'a regardé, visiblement heureux que je m'y intéresse.

— Considérez ces oies blanches comme autant d'âmes humaines. C'est notre représentation de celles qui arrivent et de celles qui repartent. Peu importe leur direction, chacune a son bagage de vie bien à elle.

La formation comptait des centaines d'oies. J'ai réussi à en suivre une des yeux en me demandant qui elle pouvait représenter et surtout où elle allait. Puis je me suis senti ridicule de croire à cette allégorie.

— Claude ?

— Oui ?

— J'pense que c'est un peu de la marde tout ça.

Et sans me demander de développer davantage, il s'est mis à rire. Et moi aussi.

Mon carnet

27 janvier 2017

Tu prends des marches dans ma tête
J'fais toute pour que tu décrisses
Mais c't'une conspiration
Même mes idées se tassent quand tu passes

J'ai tout fait pour que tu partes
J't'ai envoyé mes plans les plus noirs
T'as ri fort en les voyant
T'en as même fait des œuvres d'art

J'donnerais toute pour que tu t'en ailles
T'es là quand j'me couche
T'es là quand j'me lève
Assise dans l'aube

J'ai appelé des renforts pour te déloger
J'ai fait venir les ours pour te faire peur
Mais tu t'en es fait des amis

J'ferais toute pour que tu décrisses
Mais j'ose pas faire venir les loups
D'un coup que ça marcherait
J'ose pas faire venir les loups
Lou…

« C'est pas ton heure, OK ? »

On s'est regardés longuement. Assez pour que je commence à être mal à l'aise, et elle aussi. Je ne savais pas s'il fallait que je me présente en premier, que je lui dise où nous étions. J'ai décidé de rester silencieux pour voir si elle flancherait la première. C'est ce qui est arrivé quand elle a pouffé de rire.

— C'est une blague ?

J'avais envie de lui dire que oui, que les caméras cachées nous filmaient, mais je me suis retenu. Je ne pouvais pas plaisanter dans ces circonstances.

— Ce n'est pas une blague, non. Savez-vous où nous sommes ?

Elle s'est levée, a fait le tour du bureau en fredonnant et s'est rassise en souriant.

— J'suis enfin morte ?

— Enfin ?

Son sourire s'est élargi et j'ai vu une pointe de fierté dans son expression.

— Enfin. Ça faisait longtemps que j'attendais ça.

J'avais envie qu'elle me raconte son histoire. À la voir aussi sereine, je savais que j'allais être remué par ses propos.

— J'vous écoute.

Et comme si c'était la première fois depuis longtemps qu'on lui donnait le droit de parole, elle a ouvert sa bouche et un flot de paroles a déferlé.

— Par où commencer ? Je m'appelle Diane Pastrana, j'ai 67 ans. Je suis née en Espagne, mais je suis montréalaise depuis que j'ai cinq ans. J'ai fait mes études d'infirmière et je travaillais à l'hôpital. Est-ce que je dois parler au passé ? Ça me fait drôle ! J'ai pas d'enfant, mais j'ai des poules. Je compare pas les enfants aux poules, mais c'est comme mes petites. Depuis qu'on peut en avoir en ville, ç'a changé ma vie. J'avais un conjoint depuis vingt-cinq ans. Il est mort en allant au travail, un matin. Tu t'en vas gagner ta vie et tu la perds en traversant la rue ! Ç'a pas de bon sens. C'est mal faite ! Une voiture l'a fauché. On se parlait au téléphone au même moment. J'ai tout entendu.

Elle a fait une longue pause. Je fixais le tatouage sur mon index qui était devenu flou. David venait d'avoir sa machine à tatouer et j'étais son premier cobaye. Les gars avaient ri de moi quand j'avais demandé un « L », soi-disant pour « littérature ». Tout le monde savait que ce n'était pas la vraie raison et ils s'étaient contentés de rire.

— M'écoutez-vous ?

J'ai relevé la tête.

— Oui.

— Je disais que j'avais tout entendu. J'ai encore son cri en tête. À partir de ce moment-là, j'ai aussi voulu mourir de la même manière.

Mes yeux se sont écarquillés.

— Vous vous êtes lancée devant une auto ?

— Oui ! À la même place que lui.

Elle me regardait comme si elle attendait que je la félicite.

— Eh boy…

— Vous me jugez ?

Je la jugeais, oui. Ce qui m'a d'ailleurs réconforté : c'était bien la preuve que je n'étais pas encore un ange.

— Un peu, oui.

— On est quittes, je vous juge pour la drôle de tête avec laquelle vous nous accueillez.

J'ai passé machinalement la main sur mes cheveux pour les aplatir, habitué aux remarques sur leur volume.

— D'ailleurs, qu'est-ce que je fais ici avec vous ? Je pensais que c'était lui qui allait être là à mon arrivée. Pouvez-vous l'appeler ? Il s'appelle Martin Bond, il a 52 ans. C'est un bel homme, grand, aux cheveux bruns.

— C'est parce que ça marche pas vraiment comme ça…

Je n'ai pas eu le temps de développer que Claude et un inconnu sont apparus dans le cadre de porte. Je n'avais jamais entendu un cri aussi strident. Diane s'est levée tout d'un coup pour se ruer dans les bras de celui qui devait être son mari. Ils sont longtemps restés enlacés, sans échanger un mot. Assez pour que Claude ait tout son temps pour m'expliquer que, parfois, l'aide du défunt était utile. J'aurais voulu être plus discret et leur laisser leur intimité, mais je ne pouvais m'empêcher de les fixer. L'homme s'est lentement libéré de l'étreinte de Diane et lui a pris les mains.

— Diane, c'est pas ton heure…

Et à ma grande surprise, elle s'est mise à rire. Un grand rire qui flirtait avec un cri. Je reconnaissais cette réaction : Lou avait eu la même, la première fois qu'elle avait vu le revolver de Christophe ; elle ne pouvait plus s'empêcher de rire nerveusement.

Martin a attendu qu'elle se calme avant de poursuivre. Du coin de l'œil, j'observais Claude et je me demandais s'il était habitué à ce genre de situation. Comme un automate, Martin a répété la même phrase :

— C'est pas ton heure. C'est pas ton heure, OK ? C'est pas ton heure… Comprends-tu, Diane ? C'est pas le moment.

Diane le regardait maintenant avec émotion. Elle ne riait plus. Son visage ruisselait de larmes. Elle a repris son mari dans ses bras et entre deux sanglots, elle lui a demandé :

— Pourquoi tu dis que c'est pas mon heure ? J'serai pas capable, sans toi ! L'appartement est vide, le lit est trop grand, les jours trop longs ! J'fais encore ton café le matin ! Ça me brise le cœur chaque fois qu'y devient frette pis que j'le jette dans l'évier. Comment j'vais faire ? J'suis pus moi depuis que t'es parti : tu m'as arraché la moitié du cœur en t'en allant ! J'sais pus comment vivre, Martin, j'sais pus j'suis qui sans toi ! Ça fait un an que j'suis une loque humaine, un an que j'me traîne. J'vis pus, j'suis morte avec toi. Mais j'suis enfin là, là ! Dis-moi pas que j'ai fait ça pour rien ? J'me sens vivante, là ! C'est fou !

En se détachant de lui, elle l'a doucement secoué par les épaules.

— Regarde-nous, on est ensemble comme avant ! Serre-moi fort, tu m'as tellement manqué !

Je m'attendais à ce que les mots de sa femme le touchent, mais il la regardait sans rien laisser paraître. J'ai espéré qu'il ajoute autre chose, mais comme un mantra, il a répété la même phrase, et sans l'enlacer comme elle le lui demandait.

— C'est pas ton heure, OK ? Fais-moi confiance. C'est juste pas ton heure.

Puis il nous a salués de la tête avant de franchir la porte, accompagné de Claude.

Diane s'est effondrée en hurlant. Je suis resté debout, sans savoir quoi faire. Au bout d'un moment, je me suis accroupie près d'elle et j'ai chuchoté :

— J'pense qu'il voulait vous dire que vous avez encore beaucoup de choses à vivre...

Puis elle est disparue.

C'était mieux comme ça, je n'ai jamais été bon pour consoler les gens. J'ai fait les cent pas pour me remettre de la scène que je venais de voir. L'amour pouvait être aussi beau que cruel, et ce moment entre Diane et Martin ne me donnait pas envie de m'abandonner à quelqu'un. La meilleure position que je pouvais offrir était celle que j'avais toujours eue : ne pas m'investir totalement et être toujours prêt à fuir. C'est ce que j'avais fait avec les quelques femmes de ma vie. Et puisqu'elles ignoraient que je n'étais pas émotionnellement engagé à fond, ça fonctionnait. Jusqu'à tant que le sujet des enfants arrive dans le portrait et que je sabote la relation en partant. Sans explication. Je n'avais jamais été assez proche de l'une d'elles pour lui confier mes peurs. L'idée d'imposer la vie à quelqu'un qui n'a pas demandé à naître me suffit pour que je coupe tout lien quand on commence à me parler d'horloge biologique.

J'ai continué à marcher en rond comme j'avais l'habitude de le faire dans mon appartement quand j'avais besoin de me concentrer pour réfléchir. Et tout à coup, je me suis arrêté sec en regardant le corridor. J'ai réalisé que ceux qui l'empruntaient ne retournaient pas à leur vie, contrairement à ceux qui disparaissaient. Et j'ai pensé à Chloé Fiset. Dans sa chambre mauve, elle m'avait dit être fatiguée. J'en avais conclu qu'elle ne voulait plus continuer, mais elle avait disparu. Je m'apprêtais à appeler Claude pour lui poser la question quand une dizaine de lucioles sont entrées dans le bureau et se sont mises à voleter autour de moi.

C'était beau et doux. J'aurais juré être témoin d'un ballet finement chorégraphié. Je me suis assis pour mieux apprécier le spectacle. Sur le mur qui me faisait face, j'ai vu le disque géant tourner lentement sur lui-même. Dès les premières notes, j'ai reconnu la chanson *Lost With You* de Patrick Watson. J'ai fermé les yeux quelques secondes. J'ai senti que les lucioles se mettaient à me frôler, me donnant l'impression soudaine qu'elles devenaient presque agressives. J'ai rouvert les yeux. Claude est apparu, les bras croisés. J'ai voulu le faire rire.

— J'en ai fait, de la drogue, mais j'ai jamais halluciné des mouches savantes. Vous êtes forts !

Il s'est approché en chuchotant, comme s'il ne voulait pas déranger leur numéro.

— J'ai oublié de vous dire ce que représentent ces petites lumières. Ce ne sont pas des lucioles, et encore moins des mouches.

Curieux, j'ai tendu l'oreille tout en gardant les yeux rivés sur elles.

— Ce sont des embryons ou des fœtus.

J'ai froncé les sourcils.

— Hein ?

— Oui. Des embryons ou des fœtus qui n'ont pas survécu. Par conséquent, lorsque vous verrez quelqu'un accompagné par des lucioles, vous saurez pourquoi. Ce que vous voyez présentement, c'est un groupe dont les parents ne sont pas encore arrivés ici. En attendant de les retrouver, ces lucioles s'amusent entre elles.

Je les ai fixées quelques secondes en assimilant ce que Claude venait de me dire.

— Mais… J'ai pas de décision à prendre, là ?

— C'est ça. Elles font ce qu'elles veulent ici. Elles peuvent aller n'importe où. Ce sont les seules qui ont ce privilège, d'ailleurs. Elles sont tellement attachantes.

J'ai souri, ému par ce que je venais d'apprendre. Lorsque la chanson s'est terminée et que les petites lumières se sont mises à se disperser en tous sens comme dans la finale d'un feu d'artifice, je me suis levé d'un bond et je me suis mis à applaudir aussi fort que je le pouvais en criant :

— Bravo ! Bravo !

Claude m'a regardé en riant.

— On savait que vous alliez être parfait.

La chute

Debout dans le corridor, j'attendais mon prochain client quand, au loin, une femme est apparue, me faisant signe d'aller la rejoindre. Ce n'était pas l'envie qui me manquait, mais si je quittais ma place et que je ratais l'arrivée de quelqu'un, j'avais peur des conséquences. On est restés comme ça un bon moment à se regarder sans bouger. Puis, après une nouvelle invitation de sa part, j'ai flanché et j'ai couru jusqu'à elle, attiré par tout ce qu'elle dégageait. De tout son corps semblaient émaner de fins rayons de lumière, comme lors d'une éclipse. Sa robe était rose comme ses joues, ses cheveux, aussi foncés que ses yeux. Sous le tissu de sa robe, le bout de ses seins pointait vers moi. Tout d'elle m'invitait. J'avais rarement vu une femme aussi belle.

— T'avais peur ou quoi ?

Je m'attendais à ce qu'on se présente, mais j'ai répondu à sa question :

— Non, non, j'ai pas peur, mais je suis censé trier.

— Un employé modèle, quoi.

Je lui ai tendu la main.

— Will.

— Sarah. J'ai la même job que toi, j'pense, mon bureau est juste là. T'es mort de quoi ?

— J'ai été tiré. Toi ?

Elle a semblé impressionnée par ma réponse.

— Tiré, tiré ? Un gun pis toute ?

— Pis toute.

— C'est très cool comme mort.

J'ai froncé les sourcils. Elle avait étiré le mot « très » comme si c'était le nec plus ultra d'avoir une fin comme la mienne. Je ne voyais pas ce qui était si cool de se faire tirer comme un chien, mais c'est vrai que c'était une façon assez bouleversante de mourir.

— Toi ? C'est arrivé comment ?

Elle m'a regardé sans me répondre. À cet instant, je me suis demandé si la façon dont se terminait notre vie pouvait constituer un sujet trop délicat ou trop intime pour en parler avec un inconnu.

— Ça te tente-tu de faire le tour ?

J'ai pivoté sur moi-même en me demandant ce que j'avais pu rater de l'endroit.

— Le tour de… ?

— D'ici. Ou de moi… C'est toi qui choisis.

J'ai eu un rire nerveux. En temps normal, j'aurais sans doute succombé à ses avances, mais je vivais une expérience de mort imminente et en parallèle, mon corps était encore étendu dans la ruelle à se vider de son sang. C'était assez lugubre comme image. Et même si j'avais voulu, je ne suis pas certain que j'aurais pu bander dans ces circonstances. J'ai quand même pris quelques secondes pour soupeser l'offre. Qui peut se vanter d'avoir baisé dans l'au-delà ? J'ai délicatement frotté mon bras. Comme la douleur, je ne ressentais pas les caresses non plus. J'ai regardé derrière elle. La plupart de mes cauchemars ressemblaient à ce que je voyais : des portes et des couloirs à l'infini.

Sarah s'est raclé la gorge pour me faire comprendre que mon temps de réflexion devenait vexant.

— C'est pas l'envie qui manque, mais j'sens pus mon corps… Pis j'dois retourner à mon bureau.

Je m'attendais à ce qu'elle me donne raison et s'en aille en faire autant pour retrouver sa vie le plus rapidement possible, en me disant que c'était fantasmagorique comme idée. Mais non. Elle a pouffé de rire, pensant que je blaguais. Puis j'ai constaté que les traits de son visage commençaient à changer et j'ai reculé de quelques pas.

— T'es-tu sérieux ? Oublie ça, Will, t'es pogné ici. Fais pas confiance à l'homme qui te demande de l'appeler Claude, c'est un menteur. Penses-tu qu'y ont vraiment besoin de toi ici ? T'es dans un laboratoire pis t'es leur rat.

C'est à ce moment que tout a basculé.

On s'est dévisagés quelques secondes. J'aurais voulu qu'elle m'en dise plus, qu'elle développe davantage l'opinion qu'elle avait de Claude, mais tout ce qui m'avait attiré vers elle me dégoûtait tout à coup. Ses yeux étaient devenus deux trous noirs menaçants et derrière elle, les rayons de lumière étaient maintenant des anguilles suintantes qui dansaient lentement autour d'elle en émettant des bruits répugnants. Je l'ai saluée et je suis retourné vers mon bureau. C'est là que je me suis mis à voir et à entendre, surgis des murs du corridor, des visages qui chuchotaient. J'ai essayé de détourner le regard et de les ignorer tout en accélérant mon pas, mais quand ils se sont mis à crier des phrases qui m'étaient destinées, je me suis arrêté. À travers cette cacophonie, je ne distinguais que des bribes d'insultes, mais ça m'a suffi pour que je me bouche très vite les oreilles. Avec consternation, j'ai réalisé que les visages avaient le pouvoir de faire entendre leurs voix dans mon esprit, faisant retentir en boucle, avec la même intonation :

— La même face que l'grand criss ! La même face que l'grand criss !

Ils ne criaient plus, mais ces voix monocordes étaient encore plus agressantes. Ensuite tout s'est arrêté. J'ai attendu quelques secondes et lentement, j'ai tourné la tête vers le mur sur ma gauche. Tous les visages m'observaient. À voir leurs expressions, ils souffraient. Je me suis approché pour examiner les traits d'une femme. Elle avait les cheveux blonds, courts. Ses grands yeux bleus me fixaient, mais j'aurais juré qu'ils ne me voyaient pas. Sa bouche était ouverte. Soudain j'ai aperçu la corde nouée à son cou. Sans réfléchir, j'ai plongé ma main pour défaire le nœud, mais je me suis buté contre le mur. C'est là que les visages se sont tous mis à rire. La femme aux cheveux courts a dit :

— Will Forest, le fils de pute !

Et tous les autres ont commencé à scander la même phrase. Encore et encore. C'était à rendre fou. Je me suis mis à courir. À seulement quelques mètres de moi, je voyais la porte de mon bureau, sans parvenir à l'atteindre. Mes jambes n'avaient jamais couru aussi vite, mes bras jamais aussi bien fouetté l'air, mais je n'avançais pas, comme lorsque j'avais essayé de rattraper le petit Jules avec son Cornichon. Les voix montaient en volume toujours en m'insultant avec ces trois mêmes mots :

— Fils de pute ! Fils de pute ! Fils de pute !

Et soudain, la musique d'un orgue s'est ajoutée au concert des voix. J'étais maintenant dans une église, et le reflet des vitraux me brûlait les yeux et la peau. Les visages me cernaient de toutes parts et chantaient en chœur avec l'organiste :

— Suzie, le fruit de vos entrailles est pourri, pourri est le fruit...

Je me suis pris la tête entre les mains, j'ai fermé les yeux et je me suis mis moi aussi à hurler les mêmes mots qu'eux. Jusqu'à ne plus avoir assez de souffle pour continuer.

Ces phrases, c'est moi qui me les étais répétées souvent dans ma vie. J'étais la copie d'un violeur, un fils de pute et une pourriture. Les visages ne m'apprenaient rien. Mais à les entendre répéter ces horreurs en boucle, je sentais de leur part une volonté de me rendre fou. Et ça fonctionnait.

Mais je ne devais pas m'avouer vaincu. J'ai attendu longtemps, recroquevillé, que le calme revienne. Puis j'ai ouvert un œil. Le corridor était redevenu blanc et les murs ne portaient plus de visages. En posant un pied devant moi, cette fois j'ai réellement pu avancer. J'ai couru jusqu'à mon bureau et j'ai fermé la porte derrière moi. J'avais peur que Sarah ait raison, et l'angoisse d'être séquestré entre deux mondes m'a dirigé vers la fenêtre qui donnait sur le lac.

Je me suis glissé à l'extérieur et debout, sur le rebord de la fenêtre, j'ai compté jusqu'à cinq avant de me laisser tomber. Je ne voulais pas mourir. Au contraire, je voulais revivre. Il n'y avait pas de logique dans ce geste, sinon l'espoir qu'on me redonne ma liberté en réalisant que je n'étais pas un bon candidat. Ma chute a été plus longue que je ne l'avais imaginé. Le dos tourné vers le sol, je sentais le vent passer entre mes jambes, entre mes doigts, dans mes cheveux. Puis tout s'est assombri et je me suis mis à voir des mains partout autour de moi. Les arachnophobes auraient imaginé des araignées pourvues de longs doigts en guise de pattes et de larges paumes pour tout le corps.

Au fur et à mesure que je tombais, ces mains me touchaient, m'empoignaient, me griffaient, me serraient. L'une a même tenté de m'étrangler, mais je suis parvenu à m'en débarrasser, non sans avoir le temps d'apercevoir sa cicatrice, la même que portait Didier Lapointe sur le revers de sa main : un cercle presque parfait causé par une brûlure de cigarette. J'avais les mêmes sur les avant-bras. C'était notre jeu à David et moi, durant nos partys, et celui qui endurait le plus longtemps le mégot de l'autre écrasé sur sa peau gagnait. J'étais imbattable. C'était bon d'avoir de petits succès.

Les mains sont disparues une à une pour laisser place à d'énormes seringues que je devais éviter en me contorsionnant de tous les côtés. Je croyais que mes bras et mes jambes étaient engourdis à cause de la pression exercée par la chute, mais quand j'ai réussi à relever la tête, j'ai vu tous ces garrots attachés à mes membres et prêts à offrir aux aiguilles mes veines gonflées. Cette image de Suzie s'apprêtant à se donner son fix d'héroïne m'avait souvent hanté. En quelques secondes, les traits crispés de son visage devenaient lisses et apaisés. Même si j'étais curieux d'expérimenter cette extase, l'enfer qu'elle vivait chaque jour me faisait peur. Je ne sais pas si c'est à cause de mon cri de douleur, quand j'ai senti ma peau se faire percer, ou si c'est parce que mon calvaire était fini, mais tout s'est arrêté. Le décor du bureau est réapparu et j'étais assis devant Claude, qui me regardait avec un grand sourire.

— Vous, vous avez rencontré Sarah.

J'ai pris un moment pour répondre, encore ébranlé.

— Oui...

— Vous avez fait bon voyage?

Et sans me laisser le temps de répondre, il a poursuivi:

— Ne vous inquiétez pas, vous n'avez rien vécu de tout ce qu'elle vient de vous faire subir. Elle connaît vos peurs et vos blessures, et elle s'en sert pour vous punir de ne pas être tombé sous son charme. Nous travaillons à ce qu'elle quitte l'endroit, mais elle est futée. Bon, j'ai une bonne nouvelle pour vous. Nous avons décidé de vous attribuer une nouvelle fonction: vous serez maintenant affecté aux rêves.

Je l'ai regardé sans réaction. Excité, il a enchaîné:

— Vous avez déjà rêvé à un défunt?

J'ai haussé les épaules. J'aurais eu besoin d'un répit pour me remettre de ce que je venais de vivre. J'avais l'impression de revenir de l'enfer et déjà, il me parlait de rêve.

— J'sais pus...

— Bien sûr que oui, on rêve tous un jour ou l'autre à un défunt. Chaque dormeur jouit d'un traitement personnalisé et vous participerez à l'élaboration des scénarios. Venez !

Même si je n'avais pas réellement chuté pendant une éternité, que je ne m'étais pas fait agresser par des mains et transpercer par des seringues, j'étais exténué. J'ai levé les bras dans les airs, découragé.

— Câlisse, ça va finir quand ?

Claude qui était parti d'un pas décidé s'est arrêté et s'est retourné vers moi, le front plissé.

— Évitez de sacrer en ma présence, je vous prie.

J'ai pensé à David, Christophe et Lou qui auraient ri en l'entendant, sachant que ce n'était pas une bonne idée de m'interdire quoi que ce soit. M'empêcher de faire quelque chose me donne encore plus envie de le faire. Je suis monté sur la chaise, puis sur le bureau. Et comme Tito avant ses allocutions, j'ai levé le poing en l'air.

— Saint sacrament de câlisse de tabarnak d'esti de criss de calvaire de saint ciboire !

Sans paraître déstabilisé, Claude a placé son index et son pouce sous les ailes de son nez avant de les faire lentement glisser jusqu'aux commissures de ses lèvres pour bien lisser sa moustache, et il a laissé filer entre ses dents :

— Vous avez oublié saint chrême. Allez, venez, les dormeurs vous attendent.

Mon carnet

31 janvier 2017

On s'était promis
Mais t'as triché
T'as apporté ton rire
Pis ton mois de mai

On s'était promis juste une nuit
Mais comme un collier on les a enfilées
De perles blanches
Comme des oies

Je m'étais promis
Mais tes cheveux
Ta voix
Ton toi tout entier

Je m'étais promis
De te voir qu'avec ma peau
De t'espérer qu'avec mes mains

Ma bouche sur ton épaule
Ta main sur mon ventre
Le jour se lève

Tu repars
J'reste là
Reviens bientôt, OK ?

Vouloir être hot, c'est quétaine

Claude m'a fait signe de passer devant lui et je suis entré dans une grande salle bondée de gens assis sur des objets géants en suspension à quelques mètres du sol. J'ai vu tour à tour : un crayon, un cheval, une clé, un croissant, un saxophone, une carotte, une rame. Je n'avais pas assez d'yeux pour tout voir et je souriais comme un épais en contemplant la scène. L'ambiance était agréable, j'entendais des rires, des chuchotements, de la musique. Claude s'est bruyamment raclé la gorge et tout le monde s'est retourné vers nous.

— Je vous présente Will, il est rendu à l'étape des rêves. Merci de lui faire une place, il a beaucoup de bonnes idées.

Je me suis faufilé entre eux, à la recherche d'une place. J'espérais pouvoir m'asseoir sur une banane avec des yeux, un gros nez et des bras. Évidemment, à l'instant où je l'ai imaginée, je l'ai aperçue devant moi. J'ai enfourché la grosse banane en riant et j'ai fait un signe de *peace* en guise de bonjour à tout le monde. Plusieurs m'ont répondu de la même façon.

Claude m'avait présenté à eux en vantant mes bonnes idées. Je le trouvais fantasque de penser si bien me connaître mais je n'ai pas osé lui dire. C'est vrai que j'ai de l'imagination, et l'expérience que je venais de vivre avec Sarah m'avait inspiré. J'ai repensé aux mains coupées qui m'avaient agressé, aux seringues géantes assoiffées de peau. Je débordais d'idées, mais je savais que le but de ma présence parmi ces gens n'était pas de fabriquer des cauchemars. Dommage.

À ma grande surprise, ma motivation s'est amplifiée quand on m'a expliqué ce qu'on attendait de moi. J'allais être jumelé avec un défunt et en équipe, on monterait ensemble le scénario du rêve de la personne qu'on irait ensuite visiter. J'ai levé la main pour poser une question. En me voyant faire, tout le monde a éclaté de rire. Claude m'a pointé du doigt pour me donner la parole.

— C'est l'fun tout ça, mais est-ce que ça veut dire que vous manipulez tous les rêves qu'on fait ? Est-ce qu'il faut que je remercie quelqu'un en particulier pour mes rêves d'adolescent ?

Ils ont ri de plus belle et se sont mis à parler tous en même temps. Le chaos était tel que je ne savais plus qui regarder, qui écouter. Je me doutais bien que ces gens n'étaient pas responsables de certaines nuits torrides que j'avais vécues, mais l'occasion était trop belle pour la manquer. La femme à califourchon sur un crayon a sifflé et ils se sont tus. Elle a tourné la tête vers moi tout en me souriant. Je me suis senti tout à coup mal à l'aise.

— Bonjour Will, je m'appelle Adèle. J'étais une écrivaine, c'est pour ça que j'ai choisi de m'asseoir sur ça.

J'ai fait un signe de la tête pour lui dire que je comprenais. J'ai regardé un monsieur qui, non loin de là, était assis dans un soulier. J'espérais qu'il aurait eu une justification plus originale que celle d'être un ancien cordonnier. La dame a poursuivi :

— Nous prenons soin des vivants en organisant les visites de leurs êtres chers. Il faut procéder avec parcimonie, avec tact, avec douceur. Pour vos rêves érotiques d'adolescent, remerciez plutôt votre subconscient !

À son clin d'œil, j'ai senti mes joues s'enflammer. Quel con. Et quelle scène ridicule je donnais à voir en parlant de ça assis sur ce fruit. J'avais maintenant mille questions plus intelligentes pour elle, mais je ne lui en ai posé qu'une, la plus importante :

— Êtes-vous morte ? J'veux dire, vraiment morte, là ?

— Oui. Ça doit faire un moment déjà, je ne sais pas. Je n'étais pas prête à aller visiter ma petite-fille mais désormais, oui. Je suis en équipe avec Marie qui, comme vous, retournera bientôt à sa vie.

J'ai cherché du regard la Marie en question et au loin, une jeune femme m'a salué de la main, bien calée dans le trou d'un bagel. Pour la première fois depuis mon arrivée, je rencontrais enfin quelqu'un qui semblait vivre la même chose que moi. On s'est regardés et j'ai entendu sa voix dans ma tête me dire :

« C'est vraiment cool, tu vas voir. J'suis passée par le triage aussi et ça n'a rien à voir. Inventer des rêves, c'est juste magique. On s'en reparle ! »

Ébahi, je ne bougeais plus. Comment lui répondre ? Pendant que tous allaient rejoindre leur partenaire de travail, j'ai fermé les yeux et, comme un épais, j'ai mis mes index sur mes tempes. Dans ma tête, j'ai dit :

« Est-ce que tu m'entends ? Marie ? »

En rouvrant les yeux, j'ai vu qu'elle me regardait en souriant, le pouce en l'air. Je n'étais pas seulement bouche bée, j'étais béat.

« *Man !* C'est fou ça... »

« T'as pas besoin de mettre tes doigts comme ça. Il te suffit de regarder ton interlocuteur. Bon, au travail. À tantôt ! »

J'aurais voulu continuer à explorer notre télépathie, mais un adolescent s'est présenté, la main tendue.

— Salut, moi c'est Jules.

C'était bel et bien lui. Je reconnaissais ses grands yeux bleus. Ses cheveux blonds touchaient maintenant ses épaules.

— Jules ? Le p'tit avec son chien Cornichon ?

Dès qu'il a commencé à sourire, je suis descendu de ma banane pour le prendre dans mes bras. Il était devenu si grand que j'avais la tête écrasée sur son torse. Je l'ai serré comme si je l'avais perdu depuis longtemps et, surtout, comme si on se connaissait depuis toujours. En réalisant l'absurdité de mon comportement, je me suis détaché de lui en essuyant mes larmes.

— Excuse-moi, je comprends rien, t'avais cinq ans quand t'es arrivé dans mon bureau pis là t'es presque un homme. Tu m'entendais pas quand j'te courais après dans le corridor ? J'criais ton nom comme un perdu, mais tu continuais d'avancer pour aller rejoindre les autres enfants. T'étais trop jeune pour mourir, Jules…

Il m'écoutait sans réagir. Je l'ai pris par les épaules et je l'ai regardé dans les yeux.

— T'es ben grand ! Qu'est-ce qui s'est passé, t'as mangé ton chien ou quoi ? Vous continuez à vieillir ici ?

Il a souri et je l'ai imité.

— Ben non, c'est juste que c'est comme ça que je veux apparaître dans le rêve de ma mère. J'me suis dit qu'elle se demande sûrement à quoi j'aurais ressemblé plus tard…

J'ai froncé les sourcils. C'était une bonne idée, mais quelque chose m'échappait.

— OK, mais là, j'parle à un p'tit gars ou à un ado?

— Essaie pas de comprendre...

C'est ce que j'aimais de nos conversations dans la ruelle avec Minou: il avait une réponse à toutes mes questions. Même quand je savais qu'il bluffait en disant n'importe quoi, j'avais la satisfaction de me dire qu'il avait au moins essayé de trouver une explication à mon questionnement.

Ici, tout était possible, mais personne ne pouvait me dire pourquoi et comment. J'aurais voulu tout comprendre, tout savoir. Pourquoi les défunts paraissaient si détachés? Est-ce que les émotions disparaissaient après la mort? C'était déstabilisant de voir tout ce monde si calme.

J'écoutais Jules me parler de sa mère. C'était la première fois depuis l'accident qu'il allait apparaître dans un rêve et il s'interrogeait sur le meilleur scénario à adopter pour que cette introduction soit la plus douce possible.

J'étais à élaborer toute une histoire quand il m'a coupé la parole:

— C'est trop compliqué. J'veux juste que ma mère me voie pis j'veux pas parler. J'sais pas quoi dire de toute façon.

J'ai eu envie de lui dire que c'était cruel, mais je me suis retenu. J'ai jeté un coup d'œil autour de nous et tous les duos semblaient absorbés dans la préparation de leurs rêves. Je ne sais pas si les leurs étaient fabuleux, mais le nôtre était ordinaire et ennuyeux.

— T'es certain que tu veux pas faire autre chose ?

Il a passé une main dans ses cheveux en regardant au loin.

— Ma mère passe son temps à me demander de lui envoyer des signes. J'me changerai pas en papillon pour aller me déposer sur son épaule, oublie ça.

Je me suis frotté les mains, soudainement intéressé.

— Tu pourrais ?

— Ben oui. On peut toute ici.

Je lui ai souri.

— Et si on faisait de l'impro ?

— De l'impro ?

Le petit Jules excité de me montrer ses souliers qui s'illuminaient n'avait rien à voir avec l'ado blasé qui me dépassait d'une tête.

— Si on peut tout faire, je t'accompagne dans le rêve et j'te guide.

Il m'a regardé en plissant les yeux. Je savais qu'il aimait l'idée, mais qu'il ne voulait pas l'avouer. Je lui ai donné une petite bine sur l'épaule en lui disant :

— Ta mère se demande peut-être comment tu aurais été ado, mais tu joues ton rôle trop gros, là. Relaxe un peu, vouloir être trop hot, c'est quétaine. Oublie pas que c'est pour elle que tu fais ça.

Tout d'un coup, son visage a changé. Ses cheveux ont raccourci, ses joues ont rosi et il était de nouveau plus petit que moi. Il avait la même énergie que lorsqu'il avait déboulé dans mon bureau avec son chien et il sautait maintenant sur place.

— Bon ! J'ai dix ans, là, c'est-tu correct ? On va-tu voir ma mère, là ?

Je n'ai pas pu m'empêcher de retenir un sanglot en lui ébouriffant les cheveux.

— On y va...

Mon carnet

15 février 2017

Je sais, je n'ai pas écrit depuis longtemps. Ces dernières semaines, quand je rentre chez moi, j'ai juste envie de me soûler ou de me geler la face. Et si c'était les deux en même temps, ce serait encore mieux. Mais je me retiens. J'essaie de penser à autre chose. Je m'occupe la tête comme je peux en faisant le ménage de l'appartement ou en allant emprunter son chat à ma voisine Juliette. Gustave est un gros matou gris édenté. Ça lui fait une drôle de gueule. Je prends beaucoup de photos de lui avec le Polaroïd et chaque semaine, je glisse une photo dans le casier postal de sa maîtresse avec un petit message en dessous, comme si c'était lui qui parlait. Elle aime ça et me dit qu'elle serait déçue de ne plus trouver mes petits envois. J'ai de la misère à me l'avouer, mais je vais souvent chercher son chat. Trop, peut-être. Mais Juliette ne me dit jamais non, même si Gustave est son seul compagnon depuis la mort de Gilles. En fait, je pense que ça l'arrange: je crois qu'elle n'ose pas sortir pour ne pas le laisser seul. Quand il est en vacances chez moi, elle va rendre visite à ses sœurs qui habitent dans une résidence, pas loin. Elle n'est pas inquiète: le gros Gus est comme au Ritz chez moi. Je lui achète de la nourriture en conserve qui me coûte la peau des fesses et je lui ai bricolé une petite cabane en bois dans le salon que j'ai pimpée avec des couvertes et des coussins.

J'en avais déjà construit une pour un vieux chat errant, dans la ruelle, quand j'étais petit. Chaque soir, je me rapprochais de sa cabane. Un jour, j'ai réussi à m'aventurer si près de lui que j'ai pu le flatter. Je me souviens de ses yeux en croissant de lune à l'horizontale. Toute la beauté du monde était concentrée dans ces deux yeux-là. J'avais réussi à l'apprivoiser et la nuit, j'allais le chercher pour qu'il dorme avec moi. À 5 heures du matin, j'allais le reporter dehors pour que Suzie ne le trouve pas dans la maison.

Elle aimait les animaux, mais je ne pouvais pas compter là-dessus pour lui faire confiance. Tout ce qui était important pour moi, elle prenait plaisir à l'abîmer. Quand j'y repense, c'était peut-être aussi pour cette raison qu'elle ne s'entendait pas avec sa mère. Le jour où Tito m'avait vu avec des boutons partout sur le corps et qu'elle-même avait les mollets piqués, j'avais dû laver l'appartement au complet à l'eau de Javel : mon visiteur nocturne avait des puces. J'avais pleuré autant d'eau que j'en avais étendu sur le plancher, certain qu'on lui interdirait dorénavant l'entrée. Mais non. Pendant que j'exterminais les larves, Tito en avait profité pour aller acheter un collier antipuces.

Pendant quatre ans, chaque nuit, j'ai eu la chance de dormir avec mon errant. Un matin, comme d'habitude, il a miaulé pour sortir et il n'est plus jamais revenu. Je l'ai cherché des mois de temps. J'ai placardé tous les poteaux de téléphone d'affiches, mais ça n'a rien donné. Après ça, je me suis fixé comme règles de ne plus avoir d'animaux et de ne même plus m'en approcher.

Gustave gruge la barrière que j'ai dressée et je le regarde faire, sachant qu'il ne réussira jamais à la briser. J'ai encore assez de recul pour ne pas être blessé s'il lui arrivait quelque chose. Et puis, c'est un vieux chat. On ne doit pas s'attacher à ça : c'est une promesse de deuil sur quatre pattes. Bref, pour me changer les idées, je passe aussi des heures à découper dans les journaux des mots qui serviront à construire des poèmes. Je ne suis pas le seul à trouver que l'envie de s'alléger la tête est forte en ce moment : David et Christophe vivent la même chose. C'est toujours là. Ça me ronge comme si j'étais un gigantesque os grignoté par un minuscule chien qui ne voit jamais la fin de sa faim.

Des fois, j'ai soif d'aller voir jusqu'où je pourrais aller dans mes dépendances. Le fond du baril, je l'ai déjà vu, mais je ne l'ai jamais bu ni sniffé. Je ne suis pas un gars envieux, mais quand je vois tout le monde autour de moi avec des blondes et des enfants, je me demande qu'est-ce que je fais pour que ça ne m'arrive pas. En fait, je fais semblant de ne pas le savoir. Ça m'aide à me plaindre. Ça fait du bien des fois de s'apitoyer sur son sort. Écrasé dans mon sofa, avec ma pizza et mon Coke diet, je ressasse le passé en me disant que ce n'est pas de ma faute, que je n'ai jamais demandé à naître. Je me vautre dans la victimisation, je me roule dans la pitié. Et je me crois. Mais je ne suis pas fou. Se tromper soi-même, c'est difficile. La raison n'est jamais loin et ne se gêne pas pour rectifier les choses.

« Maudit épais qui se prend pour un chantier. Commence par enlever les cônes orange pis les banderoles de sécurité partout autour de toi. Ça donne rien. Tu te démolis au fur et à mesure que tu penses te protéger. Tu repousses tout ce qui te ferait du bien. Et tu sais que je parle pas de substances, mais du mot qui te fait peur. Tu sais de quoi je parle, hein ? Celui que tout le monde veut autour de lui, sur lui, dans lui. L'amour, Will ! Avoue-le au moins, ça sera ça de fait. On est entre nous, là. Tasse ton ego deux secondes.

« Quand tu regardes ton téléphone quinze fois pour voir si elle t'a texté, quand tu espères la voir retontir au café, quand tu l'invites pour une autre nuit et que tu lui répètes que tu veux pas t'embarquer parce que t'es bien, seul, mais qu'au fond, c'est que t'as peur de la perdre : c'est ça, l'amour. Quand tu souris en voyant les enfants des autres, quand tu regardes la télé avec le chat de la voisine couché sur ton ventre, quand t'appelles Tito pour savoir si elle a mangé : c'est ça, l'amour. Et même si tu cours tous les matins, que tu t'entraînes au gym du coin de ta rue, oublie ça : tu seras jamais plus fort et plus endurant que lui.

« L'amour a une tête de cochon. Tant que tu vas le rejeter, il va revenir. Pire, il va se donner comme mission de gagner à votre petit jeu. Il va se cacher. Dans tous les racoins. Et quand tu vas croire qu'il t'a oublié, c'est là qu'il va te sauter dessus. Bang.

« Arrête de penser que tu le mérites pas. Non seulement tu le mérites, mais tu en as besoin. Et il est toujours prêt à vouloir te montrer que tu peux rien sans lui. Surtout si tu l'as pas en toi. T'aimer, toi : c'est là que ça commence. Si tu veux éclairer des amis en pleine nuit, dans une forêt, vas-tu garrocher ta lampe de poche au bout de tes bras ? Non. Tu vas la tenir contre ton ventre. Pour que la lumière parte de toi. C'est la même chose avec l'amour. Tu peux pas aimer si tu t'aimes pas. T'as peut-être pas demandé à vivre, mais t'as la chance d'être là. Arrête donc de faire le cave. Laisse-toi aimer pis aime. Aussi fort que tu peux. »

« Jules est revenu ! »

On a attendu que Claude termine sa conversation avec la dame assise sur une clé. Jules me montrait un jeu de tape-main qui était plus compliqué que dans mes souvenirs, surtout qu'il fallait chanter une ritournelle en même temps. Au moment où je commençais à y arriver sans me tromper, Claude s'est tourné vers nous.

— Alors ? Vous êtes prêts ? Parlez-moi de votre rêve.

Je me suis lancé :

— Si je pouvais aller voir un match de hockey dans une loge, ça serait assez cool. Non. Une maison sur le bord de l'eau, loin de la ville. C'est suffocant, les étés sur l'asphalte. Et j'aimerais ça avoir un coffre à pêche. J'pense que j'serais bon pour pogner des truites.

— C'est de l'humour ?

— De l'humour de vivant, oui. Mettons que j'suis pas habitué à créer des rêves. C'est pour ça que Jules et moi, on va y aller en impro.

— En impro ?

— Improvisation, oui.

Les traits de Claude se sont durcis.

— Vous ne pouvez pas faire ça.

Absorbé dans un nouveau jeu, Jules ne se souciait pas de notre conversation.

— Pourquoi ? Vous avez peur de quoi ?

— Du n'importe quoi. Nous devons y aller en douceur avec le rêveur. Vous ne pouvez pas débarquer comme ça, sans balise ni protocole.

— Claude... Je pensais que vous commenciez à me connaître. Vous avez vu ce qui est arrivé plus tôt, quand vous m'avez demandé de ne pas sacrer en votre présence ? C'est la même chose maintenant. Vous me parlez de règlements et j'ai juste envie de vous prouver le contraire. J'ai fait semblant de comprendre. Parfait, on va donc retravailler ça. Pour que je ne vous dérange pas encore, pouvez-vous me dire comment on accède à... l'esprit de la mère de Jules ?

C'était si étrange à dire.

— Lorsque vous serez prêts, vous vous dirigerez vers l'escalier que vous voyez au bout de la salle.

Jules a crié :

— Heille, c'est une glissade d'eau ?

Claude a souri en se penchant vers lui.

— C'est vrai que ça ressemble à ça ! Il n'y a pas d'eau, mais c'est une grande glissade qui va très vite ! Tu vas aimer ça.

Il s'est relevé et avant d'aller à la rencontre d'une autre équipe, il m'a dit:

— Tout en haut, il y aura Lucie qui prendra vos noms et vous n'aurez qu'à lui dire qui vous voulez aller voir. À plus tard et bonne visite!

Je l'ai remercié et j'ai attendu qu'il soit assez loin pour marcher vers l'escalier. Jules, qui n'avait rien entendu de l'échange, pensait encore que c'était une bonne idée d'y aller sans préparation. Claude m'avait parlé balises et protocole comme si j'allais opérer quelqu'un. La visite de Jules à sa maman n'avait pas besoin d'un plan détaillé. Mon idée me semblait la meilleure et c'est en voyant le petit monter quatre à quatre les marches que je me suis dit que de toute façon, un enfant n'est pas fait pour être limité, surtout dans ces circonstances.

Sur la plateforme menant à la glissade, on a attendu quelques minutes en file. Jules s'est mis à me poser mille questions: si son papa serait aussi dans le rêve, s'il pourrait revoir sa chambre et ses jouets, se baigner avec sa maman, aller voir son ami. J'ai regardé derrière nous et l'escalier n'était plus là. C'est à ce moment-là que j'ai donné raison à Claude: ce n'était pas une bonne idée de nous lancer sans plan. J'ai essayé de réfléchir rapidement avant que Lucie nous demande nos noms, mais Jules a crié « On s'en va visiter ma mère! Caroline Chevalier! » avant de se lancer dans la glissade. J'ai juste eu le temps de dire mon nom à la dame avant de suivre Jules en sacrant comme un damné.

Le tunnel m'a donné l'impression d'être avalé par un énorme tuyau d'aspirateur; l'expérience n'avait rien à voir avec une banale glissade. Sur mon passage, des boules de couleurs apparaissaient et disparaissaient en laissant de longues traînées. J'avais l'impression de flotter entre elles. J'ai d'abord senti une odeur de gâteau avant de comprendre que j'avais atterri dans une cuisine. Une grande femme s'affairait à ranger des aliments au frigo. En refermant la porte, elle m'a regardé comme si elle me connaissait et m'a dit « Qu'est-ce que tu fais ? Tu m'aides pas ? » avant de s'approcher pour m'embrasser. C'était doux, assez pour que je garde les yeux fermés quelques secondes pendant qu'elle s'éloignait. Jules est arrivé en courant et a sauté au cou de sa mère, qui s'est écriée :

— Jules ? Mon Dieu, Patrick ! Jules est revenu !

Elle me regardait, paniquée. Voyant que je ne réagissais pas, elle a répété :

— Patrick, criss ! Réveille ! Jules est revenu !

J'ai compris qu'elle me prenait pour le père de Jules. Pris au dépourvu, je ne savais pas si je devais jouer le jeu ou lui dire la vérité. Toujours avec le petit au cou, elle a marché vers moi. Elle était maintenant fâchée et s'est mise à me taper dessus.

— C'est toi qui l'avais pris, hein ? Tu l'avais caché où ? Réponds-moi pis mens-moi pas !

La bouche ouverte et les yeux ronds, j'étais trop abruti pour réagir et me défendre contre ses coups de plus en plus violents.

— C'est de ta faute, ce qui est arrivé ! C'est de ta faute ! T'avais pas le droit de me l'enlever, c'est mon bébé ! C'est mon p'tit bébé…

Épuisée par son accès de colère, elle s'est assise par terre, le dos contre le frigo, et a commencé à pleurer en continuant à me blâmer.

Je ne savais pas quoi faire. Je repensais à ce que m'avait dit la dame assise sur le crayon : « Nous prenons soin des vivants en ne contrôlant que les visites de leurs êtres chers. Il faut y aller avec parcimonie, tact et douceur. » C'était tout le contraire de ce qui se passait là. Moi qui avais voulu donner dans l'improvisation, j'étais bien servi. J'ai réfléchi vite, j'allais lui dire qu'elle avait raison, que je l'avais caché sous les coussins du canapé pour faire une farce, mais Jules s'est détaché de sa mère et a plaqué ses mains sur son visage. Ils se sont fixés dans les yeux quelques secondes sans parler, puis doucement Jules lui a dit :

— Maman, j'étais pas parti, j'étais là. J'vais toujours être là, même quand tu me verras pas, OK ? As-tu vu, j'ai dix ans. J'suis grand, hein ? J'te quitterai jamais, maman. Jamais, jamais, jamais…

C'est sur un de ces « jamais » répétés par Jules que je me suis senti aspiré comme au départ avant de me retrouver aussitôt assis devant Claude. J'avais merdé. Et comme quand j'étais petit et que je savais que Tito allait me punir en me crissant une claque derrière la tête, j'ai jeté un regard fuyant vers Claude avec un sourire navré. Un sourire avec la bouche en trait d'union presque parfait. Claude a très lentement croisé ses bras sur sa poitrine et m'a demandé :

— Est-ce que votre but est de rester ici ?

Je n'ai pas compris la question.

— Rester où ? Ici ? Je sais que j'ai fait une gaffe pis que je mérite pas de rester au département des rêves. C'est juste que…

Il m'a coupé la parole.

— Vous avez eu raison d'y aller sans scénario. Jules a pu dire l'essentiel à sa mère. Faites attention, Will : si vous avez trop de bonnes idées, nous voudrons vous garder avec nous.

J'ai souri, soulagé.

— Pour votre question, mon but ce n'est pas de rester ici, non.

Claude s'est levé et a marché vers la porte. Avant de quitter la pièce, il m'a dit, contre toute attente :

— Ce n'est pas vous qui déciderez…

Mon carnet

25 février

Il est 3 heures et demie du matin. Ça fait deux jours que je n'ai pas fermé l'œil. Les policiers m'ont dit que ce n'était pas de ma faute, que je n'aurais jamais pu deviner, mais je m'en veux quand même.

Ça faisait une semaine que je ne filais pas. J'ai manqué cinq jours de travail. Je capote un peu, je devais former deux nouvelles employées. D'ailleurs, il y en a une… je ne comprends pas pourquoi elle a été engagée, elle ne veut faire que des fleurs et des cœurs dans la mousse du lait.

Avant-hier, je me sentais un peu mieux, ma fièvre était tombée. J'ai appelé David pour qu'on soupe ensemble. À 17 heures, pendant que je l'attendais en écoutant les nouvelles, un des voisins est venu frapper chez moi pour m'engueuler. Le crisse. Je n'avais pas encore ouvert la porte que je l'entendais. Je gagerais cent dollars qu'il n'est pas allé se plaindre aux autres locataires parce que tous sont des gens âgés comme lui. J'essaie de ne rien prendre personnel, mais si tu veux m'insulter, dis-moi que je suis malpropre.

J'ai beaucoup de défauts, et un en particulier est de gaspiller des centaines de litres d'eau pendant ma douche. J'aime mon travail, mais l'odeur de café imprègne tellement mes vêtements et ma peau qu'elle me lève le cœur. Je l'ai déjà dit : je fais du ménage pour faire passer mes envies de me soûler et de me geler. Chez moi, on ne pourrait pas juste manger à terre : on pourrait cuisiner aussi.

Donc le bonhomme de l'appartement 208 est venu me chanter une poignée de bêtises, convaincu d'être devant le responsable de l'odeur qui empestait le bloc. Voyant que je n'étais pas la personne à blâmer, il m'a demandé de sortir de mon appartement et de venir sentir dans le corridor. C'est là que j'ai compris. On reconnaît tout de suite cette odeur-là. La même que j'avais déjà sentie, petit, en accompagnant Tito visiter une amie. À l'époque, je ne savais pas que c'était une piquerie, mais ça n'aurait rien changé à ma réaction en sentant l'odeur de la putréfaction.

Comme dans le temps, je me suis mis à courir en cherchant un endroit où vomir. Au bout du corridor, la petite poubelle qui ne servait d'habitude à rien a reçu mes restes de dîner. Mon voisin, qui croyait à une banale histoire de vidange, s'est retrouvé sous mes ordres à appeler le 911 pendant que j'essayais par tous les moyens d'ouvrir la porte de l'appartement de chez Juliette. Résigné, je me suis assis au bas de l'escalier, mon t-shirt appliqué sur le nez, à l'arrivée des policiers. Quelques secondes ont suffi pour qu'ils découvrent le corps de Juliette dans son lit.

La mort remontait à plusieurs jours. J'entendais les voisins chuchoter, presque jaloux qu'elle nous ait quittés dans son sommeil. S'il y a quelque chose que je ne me souhaite pas, c'est bien ça : mourir en dormant. Un commencement et une fin se doivent d'être fracassants. Presque tous les nouveau-nés hurlent en naissant. C'est grandiose. J'aurais aussi aimé prévenir tout l'étage de la maternité que j'étais enfin là, mais non, Tito m'a dit que mes pleurs ressemblaient aux miaulements d'un chaton.

On parle souvent de réussir sa vie, mais rarement de réussir sa mort. Mourir en douce ? Non merci. Je n'ai pas eu le plaisir de hurler mon entrée, j'espère pouvoir me venger avec ma fin. Mais probablement que je vais changer d'idée quand mon heure sera venue et souhaiter, comme la plupart des gens, mourir paisiblement, sans esclandre. Finalement, je pense que de partir en dormant, c'est comme le plus beau *Fuck you all* ! J'ai rugi toute ma vie, j'ai vécu intensément, je n'ai plus rien à prouver. *Ciao a tutti !*

Quand Gustave m'a vu dans le corridor, il est venu faire des ronds autour de mes jambes en miaulant, paniqué. Il semblait avoir maigri. Je l'ai ramené chez moi et je lui ai donné ses croquettes molles et de l'eau. Pendant que j'attendais David, j'ai appelé Tito pour tout lui raconter. C'est la meilleure pour écouter mes histoires parce que rien ne l'impressionne. Je fais semblant que ça me tape sur les nerfs quand je lui parle, mais au contraire, ça calme mon anxiété.

La seule chose qui semblait l'intéresser dans l'histoire de Juliette était le sort de Gustave. On s'est parlé longtemps, assez pour que je lui dise que j'avais besoin de penser à autre chose que de me péter la face. Là-dessus, Tito n'est pas la bonne personne pour me conseiller. Elle m'encouragera toujours à faire ce qui me fait du bien même si ça me détruit. Refuser de voir mes addictions est aussi une façon de ne pas affronter les siennes.

David est arrivé chez moi au moment où elle nous invitait à aller prendre une bière chez elle. J'ai dit non. C'est la première fois que je tiens tête à Tito. David m'a remercié, d'ailleurs. Il n'est pas encore à l'étape de refuser des invitations. Ça me fait du bien de savoir que je ne suis pas seul à combattre ce démon-là. Ce soir, on a su le faire taire. On s'est assis par terre dans mon salon et on a écrit dans nos carnets.

Prendre un scalpel
M'ouvrir lentement
Verticalement

Main maladroite
Plongeante
Fouillant la plaie
Béante, grouillante

Extirper les souvenirs
Et les disséquer
Un à un

Déposer dans le pot de formol
Ceux où t'es là
Achever les autres

Soustraire les addictions
Les prendre par le cou
Et serrer
Les faire mourir à p'tit feu

Prendre un scalpel
M'ouvrir en deux

Chercher celui que j'ai été
Le p'tit Will
Trouver sa cachette

L'embrasser sur le front
Le prendre dans mes bras
Lui promettre la sécurité

M'arracher le cœur
Laver les sillons
Panser les trous

Le replacer à grands coups de poing
À grands coups de soin

Prendre le scalpel
Le garrocher au bout de mes bras
Et contempler le vide

J'étais la nuit
J'suis maintenant l'aube

Tu veux me rembourrer
Avec tes mots
Pis tes promesses

Tu veux prendre soin de moi
Pis me rafistoler

C'est ma job
Partir pour un temps
Me réparer

Pis un matin
J'vais revenir
Pis si t'es encore là
Ben merci…

« Tout change, Will. »

Je courais derrière lui.

— Vous m'aviez dit que je vous aidais pour un temps et que je reviendrais à ma vie après ! Comment ça, c'est pus moi qui décide ?

Il marchait de plus en plus vite vers la salle des rêves.

— Claude !

Il s'est arrêté sec et a fait demi-tour si brusquement que j'ai failli lui rentrer dedans.

— Tout change, Will. Les gens, les saisons, le temps, la météo, les règles… Vous apportez une bouffée de fraîcheur ici. Ça serait dommage que vous nous quittiez.

Je savais que ça ne donnerait rien et, pire, que ça pourrait aggraver mon cas, mais je n'ai pu m'empêcher de le projeter contre le mur. J'aurais aimé le voir éclater en morceaux, comme la porcelaine que Suzie catapultait pour faire peur à Tito. J'ai approché mon visage à quelques centimètres du sien.

— Êtes-vous en train de me dire que Sarah avait raison ? Que j'suis pogné ici comme un rat de laboratoire ? Écoutez-moi bien, là : si je fais trop bien la job, c'est pas mon problème. J'fais ça pour Tito, Suzie pis moi, comme c'était prévu. Là, j'veux que vous me disiez que le deal tient toujours pis pour combien de temps j'dois encore être ici.

J'ai reculé, irrité d'avoir perdu mon sang-froid. Claude avait le sourire de ceux qui ont obtenu ce qu'ils souhaitaient.

— Vous avez l'air de tenir beaucoup à votre vie maintenant, Will. Je suis heureux de l'apprendre.

J'ai passé la main dans mes cheveux pour faire bifurquer mon idée de lui sacrer un bon coup de poing entre les deux yeux.

— Ça veut dire quoi, ça ? Vous répondez pas à mes questions.

— Ça veut dire que tout change, comme je vous disais : les gens, les saisons, le temps, la météo, les règles. Et maintenant, je vous ajoute à cette liste. Bravo.

C'était l'occasion de comprendre qu'il avait raison. Sans que je m'en aperçoive, une transformation s'effectuait doucement en moi. Trop frustré, je n'ai trouvé qu'à lui cracher ces trois mots avant d'entrer dans la salle des rêves :

— *Fuck you, man.*

Ça plane pour moi

Encore sous l'adrénaline de la colère, je souhaitais que personne ne vienne me voir pour l'aider à concocter son rêve. Comme je n'avais aucune envie de faire apparaître un objet, je me suis lové dans le dernier qui était encore libre, une cuillère, et j'ai repensé à ma vie.

C'est vrai que je ne l'avais jamais particulièrement aimée, mais je ne m'imaginais pas y mettre fin pour autant. J'avais vécu beaucoup de choses, mais qui de sensé pourrait se glorifier en clamant qu'il est en totale symbiose avec son parcours ?

« Vous avez l'air de tenir beaucoup à votre vie, maintenant, Will. » J'avais juste cette phrase-là en tête. C'est comme dans tout, Claude. On réalise toujours trop tard l'importance de quelque chose quand on le perd, c'est évident. Mais dans mon cas, c'était différent : j'avais aussi la vie de Tito et de Suzie entre mes mains. Je devais obéir à tout ce qu'on me demandait. J'ai sombré dans le sommeil et c'est une petite voix qui m'a fait sursauter.

— Salut.

Une petite fille se trouvait sous ma cuillère, qui était en suspension dans les airs. Je me suis demandé comment elle avait fait pour m'apercevoir, moi qui croyais être caché dans mon ustensile géant. C'est en me relevant sur les coudes que j'ai constaté que je m'étais étalé sur le dos en dormant, si bien que mes jambes pendaient maintenant de chaque côté de la cuillère. Je me suis relevé et j'ai sauté en bas. La petite fille me regardait fixement. Ses taches de rousseur et son chandail trop jaune m'énervaient déjà. Je me suis ressaisi. Elle n'avait rien à voir avec mon humeur et je me suis efforcé de bien l'accueillir.

— Comment ça va ?

En m'entendant, je me suis trouvé idiot, mais je n'avais rien d'autre en tête. Sa réponse qui, je croyais, allait être machinale m'a secoué.

— Moi ça va bien, mais c'est mon père qui doit aller mal. C'est à cause de lui que je suis ici.

J'ai attendu pour voir si elle allait me raconter son histoire, mais non. Au bout d'un moment, elle m'a demandé si on pouvait aller se balancer. Je l'ai aidée à grimper dans la cuillère et on s'est assis côte à côte. Elle a commencé à projeter ses jambes en avant puis en arrière pour que la cuillère oscille, et je l'ai imitée. J'avais envie de la bombarder de questions, mais je me suis contenté de la bombarder de silence.

Je pensais à ce qu'elle venait de me dire et je me suis revu, petit, dans la ruelle, à lire la une d'un journal que Minou avait trouvé. Tout le monde avait été ébranlé par le titre sensationnaliste – *Un bambin laissé à son sort déchiqueté par une souffleuse* –, qui laissait entendre que l'accident de la veille n'en était pas un. Dans l'article, on apprenait qu'un père promenant son petit dans un traîneau ne s'était pas rendu compte que l'enfant avait glissé hors de la luge avant d'être tué par la souffleuse.

J'ai regardé la petite, absorbée par la cadence de nos pieds, et j'ai pensé à son père. Être coupable d'un accident ayant coûté la vie de notre enfant, c'est être condamné à vivre en enfer pour le restant de ses jours.

— J'm'appelle Charlotte, j'ai 11 ans.

J'ai fait semblant d'enlever un chapeau imaginaire et je me suis présenté à mon tour.

— Moi c'est Will.

— William ?

— Non. Essaye encore.

— Wil... bur ?

J'ai éclaté de rire.

— Comme le cochon dans le film *Le petit monde de Charlotte* ?

— C'est mon film préféré...

Ç'aurait aussi été mon film préféré, petit, si la belle araignée n'était pas morte à la fin. Lou adore les maudits films pour enfants et je lui demande chaque fois quel personnage attachant a été sacrifié pour faire pleurer dans les chaumières. Ça l'enrage.

— Non, c'est pas Wilbur...

Je l'ai laissée chercher quelques secondes avant de comprendre qu'elle était trop jeune pour connaître tous les vieux prénoms commençant par Wil.

— J'vais te le dire : mon prénom c'est juste Will. Parce que pendant l'accouchement, ma mère disait aux infirmières qu'elle allait pas être capable de m'avoir. Et une des infirmières lui chantait la chanson *I Will Survive* pour l'encourager. Sais-tu c'que ça veut dire ?

— Je connais la chanson, mais je sais pas ce que ça veut dire, non...

— Ça veut dire : "Je survivrai." Et quand je suis sorti du ventre de ma mère, j'ai glissé dans les mains de l'infirmière au mot "*Will*" ! Et c'est resté.

La première fois que j'ai entendu cette histoire, j'ai tout de suite su que Suzie ne parlait pas que d'accouchement en disant qu'elle ne serait pas capable. Le sens de sa phrase était beaucoup plus large. C'était un tout : elle ne voulait pas et ne pouvait pas devenir mère. Son cri de détresse se voulait global. Chaque fois que je raconte d'où vient mon prénom, je trouve toujours cette synchronisation extraordinaire entre ma naissance et le « *Will* » chanté par l'infirmière.

La petite avait écouté mon histoire sans broncher. Je lui ai demandé quelle était sa chanson préférée.

— *Ça fait rire les oiseaux* de La Compagnie créole. On danse toujours ma mère et moi quand on l'entend.

— Imagine, Charlotte, si l'infirmière avait chanté ça et que j'étais sorti à “oiseaux”.

Ses yeux se sont arrondis et elle a ri. Pendant plusieurs minutes, on a échangé des titres de chansons en reprenant des passages dont certains mots auraient pu devenir mon prénom. Puis, à court d'idées, on est redevenus silencieux. Elle a cessé de balancer ses jambes et moi aussi. La cuillère s'est immobilisée. J'avais partagé avec elle un bout de mon histoire et elle était prête à me raconter la sienne.

— J'suis ici parce que mon père était fâché.

J'aurais voulu ne pas comprendre tout de suite la nature de l'événement qui l'avait conduite ici. J'aurais préféré ne pas imaginer toutes sortes de scénarios. J'ai tenté de me composer une expression neutre pour ne pas freiner son élan.

— Il est venu me chercher à l'école et on a pris la route avec des grands arbres. C'est par là qu'on part en vacances. Je savais pas pourquoi il était fâché, c'est vrai que je savais pas le nom du gars ! Mais il me croyait pas.

Je ne comprenais pas ce qu'elle voulait dire, mais je n'ai pas posé de question. Je savais qu'il fallait regarder la personne qui nous parle, mais je n'en étais pas capable et je fixais le vide devant moi. Tito m'aurait donné une claque derrière la tête en me voyant.

— Pis là, il m'a dit de détacher ma ceinture et on a foncé dans un arbre.

Je me suis levé et j'ai sauté en bas de la cuillère. J'ai cherché Claude des yeux, mais la salle était bondée et je ne le voyais pas. Mon regard s'est arrêté sur Marie, celle avec qui j'avais fait de la télépathie. Comme si elle se sentait observée, elle s'est retournée.

« M'entends-tu ? »

Elle a levé le pouce, comme durant notre première conversation.

« Oui ! T'as pas l'air bien, qu'est-ce qui se passe ? »

« Je sais pas pourquoi, j'suis toujours pogné avec des enfants qui ont des histoires terribles. Un qui se fait frapper avec son p'tit chien, pis là j'en ai une que son père a tuée. J'vais quand même pas patenter un beau rêve pour ce criss-là ! »

Marie a pris quelques secondes pour réfléchir en tournant une mèche de ses cheveux entre ses doigts.

« Tsé, Will, est-ce que les gens disent toujours le mot cauchemar ? »

« Qu'est-ce que tu veux dire ? »

« On est dans la salle des rêves, mais des mauvais rêves, ça existe aussi… »

J'ai souri à Sarah et je l'ai remerciée. Moi qui pensais que Charlotte était tombée sur le mauvais gars pour l'aider, je m'étais trompé. Ma mauvaise humeur, mon agressivité, la frustration que je nourrissais envers Claude allaient me servir. J'ai regagné ma place auprès de Charlotte et je lui ai dit:

— OK. Là, tu venais me voir parce que tu veux rendre visite à... ?

Je n'avais même pas pensé qu'elle aurait pu vouloir se présenter à d'autres membres de sa famille, et j'espérais qu'elle me réponde ce que je voulais entendre. J'avais encore en tête la maman de Jules, éplorée, et je n'étais pas dans le mood pour revivre ça.

— Mon père.

Même si ma machine à idées était en ébullition pour faire vivre un mauvais moment à cet homme, je devais m'assurer d'être au diapason de Charlotte.

— OK... Et tu aimerais quoi comme rêve, le sais-tu ?

Sans hésitation, la petite m'a regardé dans les yeux et a dit:

— J'aimerais ça qu'il regrette.

J'ai passé une main sur mon visage pour le déplisser et j'ai poussé un long soupir. Je venais de me rendre compte du contrat dans lequel je m'embarquais. Regretter. Est-ce que le sens que nous donnions à ce mot était le même ?

— Qu'est-ce que ça veut dire pour toi ?

Elle a froncé les sourcils, s'est gratté la tête.

— Ça veut dire que je veux qu'il sache qu'il était fâché pour rien. C'est vrai que je le connaissais pas, le nom du nouveau chum de ma mère !

J'espérais que ce monstre n'ait pas besoin de nous pour regretter son geste, mais j'allais, et avec plaisir, contribuer à ce qu'il souffre encore plus. Le défi était d'y parvenir sans faire peur à la petite. J'ai demandé à Charlotte quelques minutes pour que je puisse réfléchir. Plusieurs scénarios me venaient en tête, mais l'un d'entre eux s'est imposé à moi comme le meilleur. Je lui ai expliqué et elle était d'accord.

— Est-ce que tu veux que j't'accompagne ?

— Tu serais où ?

— Je sais pas, sur la banquette arrière ?

— OK !

J'aurais aimé pouvoir la serrer dans mes bras comme j'aurais voulu que son père le fasse. Comme un parent doit le faire avec son enfant. J'aurais aimé la serrer comme toutes les fois où j'ai imaginé Suzie en faire autant. Charlotte m'a dévisagé avec ce calme et cette sérénité qu'affichaient tous les morts que j'avais rencontrés jusque-là.

On a attendu pour gravir l'escalier qui menait à la plateforme. Contrairement à Jules, qui m'avait posé plusieurs questions sur sa possible participation dans le rêve, Charlotte était silencieuse. Quand notre tour est venu de désigner à Lucie le nom de la personne que nous allions visiter, Charlotte lui a soufflé le nom de son père à l'oreille. Lucie m'a regardé, navrée, en me disant :

— Il l'a tuée et elle le protège...

Oui. Les enfants aiment inconditionnellement leurs parents, même si, dans certains cas, ça nous paraît insensé. C'est encore plus difficile à comprendre quand on vieillit, alors que les faits nous montrent en pleine face que c'est irrationnel d'encore ressentir de l'amour pour des gens comme ça, cet amour qui a les yeux et les oreilles bouchés. Cet amour qui réplique par un signe de *peace* au doigt d'honneur qu'on lui fait.

La raison n'a pas toujours raison. J'aurais aimé avoir le temps de le dire à Lucie, mais Charlotte était déjà partie dans la glissade. Je me suis assis sur le rebord, j'ai attendu quelques secondes et je me suis lancé à mon tour. Si la première fois, avec Jules, je m'étais senti aspiré, là c'était tout le contraire.

C'était une vraie glissade, comme au parc des Grands Ormes, au coin de la rue des Tilleuls et de la rue Buies. Ma glissade préférée quand j'étais petit. La seule fois où Suzie nous avait accompagnés au parc, Tito et moi, j'avais fait semblant d'avoir peur de grimper. Mon plan avait fonctionné : Suzie avait gravi les degrés de l'échelle en m'avertissant qu'elle ne le ferait qu'une fois. En haut de la glissade, elle s'était jetée sur le ventre. Emporté par la gravité, son corps avait atterri mollement dans le sable, comme une poupée de chiffon. Le pantalon détaché, le cul à l'air, elle était restée dans cette position un bon moment sans bouger. Trop heureux de montrer aux autres enfants que ma mère aussi jouait avec moi, je ne savais pas qu'elle était gelée.

C'est Tito qui l'avait dit tout haut en lui reprochant d'être une petite nature qui ne sait pas consommer. Après l'incident, le parc s'était peu à peu vidé, et nous avions pu rire de la chute grotesque de Suzie. Une fois de retour à l'appartement, nous en avions eu pour des heures à mimer son exploit peu gracieux. Trop défoncée pour laisser parler son orgueil, Suzie riait autant que nous, sinon plus.

Comme prévu dans le scénario de la glissade, je me suis retrouvé assis à l'arrière du Pathfinder du père de Charlotte qui filait à toute allure sur la route bordée d'arbres. La petite tapait dans ses mains, excitée à l'idée qu'ils partaient en vacances. J'ai sursauté en entendant la voix rauque de son père :

— C'est quoi son nom ?

L'intonation n'avait rien d'invitant.

— De quoi tu parles ?

— Le nouveau chum de maman. C'est quoi son nom ?

— Maman a un chum ?

— Charlie, niaise-moi pas.

— Papa, j'te jure, j'sais pas !

J'ai aperçu ses yeux dans le rétroviseur. Je reconnaissais ce regard. Il avait bu. Une sonnerie s'est fait entendre dans l'habitacle.

— Allô ?

— Maman !

— Charlie ? T'es où ?

— Avec papa, sur la route du chalet.

Le père les a coupées :

— C'est quoi son nom ?

Le silence de quelques secondes m'a paru une éternité. La mère a tranché en essayant de raisonner son mari :

— Venez à la maison, on va parler.

Il a répété sa question en criant et en tapant sur le volant :

— C'est quoi son nom !

Charlotte s'est mise à pleurer. Même si je savais que c'était le plan de revivre le début du drame, j'avais envie de sauter sur le père et de le démolir.

— Simon. Il s'appelle Simon. Ramène Charlotte, OK ?

— Simon ? C'est-tu un esti de nom de cave, ça ! Y s'appelle Simon, son nouveau chum ! As-tu entendu ça, Charlie ? Simon !

Paniquée, la mère a continué de le supplier de faire demi-tour, mais le père a plutôt pris de la vitesse avant d'ordonner à Charlotte :

— Détache ta ceinture !

J'avais lentement avancé entre leurs deux sièges et c'est là que j'ai réalisé que j'étais invisible. Contrairement au rôle que j'avais joué dans le rêve de la mère de Jules, là, je n'avais rien à faire, sinon être témoin. Comme sa fille ne lui obéissait pas, le père est devenu fou de rage et a étiré le bras pour peser sur la boucle de la ceinture. Au son des cris de la mère et de Charlotte, alors que la voiture bifurquait de sa route pour foncer tout droit dans la forêt, mon scénario a commencé. L'impact s'est passé au ralenti pour que le père le revive à fond.

La chanson préférée de la petite a résonné dans la voiture. Le Pathfinder s'est doucement écrasé contre un arbre, et au contact de son petit corps contre le pare-brise, Charlotte a éclaté en une multitude d'oiseaux de toutes les couleurs. La Compagnie créole continuait de chanter. Le son était si fort que je le sentais cogner dans ma poitrine. Quand le véhicule s'est immobilisé, le père a réussi à s'en extraire. Blessé au visage et au thorax, il s'est traîné en rampant sur quelques mètres pour rejoindre la route. Les oiseaux virevoltaient autour de lui en riant. De grands rires d'enfant. Ceux de Charlotte. Roulant sur le dos, haletant, il a imploré les volatiles de s'éloigner.

Obéissants, ils sont allés se jucher sur les branches d'un gros pin, tout près. Et au loin, dans le bois, un grondement s'est fait entendre. Le son se rapprochait et la terre a tremblé. Comme les vagues d'un tsunami, des centaines d'enfants ont déferlé, écrasant tout sur leur passage. L'homme a essayé de se relever, en vain. Les petits se ruaient vers nous.

Paniqué, le père s'est traîné jusqu'au Pathfinder et a réussi à ouvrir la portière pour se hisser dedans. Je regardais la scène en souriant. La suite du scénario n'était pas de mon cru. Les enfants ont envahi la voiture. Il y en avait partout : perchés sur le toit, assis sur le capot, agglutinés aux fenêtres. Je n'avais pas vu qu'il y avait aussi des bébés. Puis j'ai compris. Ils avaient tous le même visage, mais à des âges différents. C'était une multiplication de Charlotte qui criaient « C'était vrai que j'savais pas son nom ! » en laissant couler des rivières de larmes de leurs yeux.

Rapidement, la forêt a disparu sous l'eau et le camion s'est mis à sombrer lentement, avec à son bord le père paniqué essayant de sortir de l'habitacle. Parvenant à s'extirper par une fenêtre, il s'est réfugié sur le toit. La trame sonore du mauvais rêve a tout à coup changé pour du Plastic Bertrand. Debout sur le toit, chancelant, le père a vu avec effroi tous les oiseaux s'entremêler pour devenir un seul corbeau géant. L'instant d'après, le même phénomène s'est produit avec les enfants. Une Charlotte géante se dressait, si grande que le niveau de l'eau ne lui arrivait qu'aux genoux. Elle s'est penchée vers le Pathfinder, aussi minuscule, à son échelle, qu'un modèle réduit, et a crié : « Je savais pas son nom ! » Le corbeau est venu se poser près d'elle en l'invitant à grimper sur son dos. Et avant de disparaître au loin dans le ciel, Charlotte s'est retournée vers son père en lui faisant un signe d'adieu, chantant en lip sync :

— Ça plane pour moi, moi, moi, moi, moi,
ça plane pour moi
Hou-hou-ouu-ouu !

Faire le con

— La première fois que vous êtes entré dans la salle des rêves, Adèle vous l'a dit. Qu'est-ce que vous ne comprenez pas, Will ?

J'ai froncé les sourcils.

— Adèle ?

— La dame sur le crayon.

— Qui ?

— La dame à côté de vous quand vous étiez sur la banane.

— La banane ?

Voyant mon jeu, il s'est croisé les bras.

— Ça vous amuse ?

— Mets-en ! Est-ce que vous vous entendez parler ? "La dame sur le crayon, vous sur la banane." À quel moment on trouve normal de dire ça sans rire ?

Et comme si j'avais lu dans ses pensées, je me suis dépêché de dire :

— Non, c'est beau, j'ai rien dit.

— On trouve ça normal quand ça fait longtemps qu'on est ici. Aimeriez-vous en venir à trouver ça normal ?

— Non, c'est beau, Claude.

— Bien. Cela dit, d'après vous, le rêve de Charlotte avait été pensé avec "parcimonie, douceur et tact", comme on vous l'a appris ?

— Certain. Y avait des oiseaux, de la musique, des bébés, des enfants, des arbres...

Voyant que j'aurais pu continuer longtemps à faire le con, il m'a coupé la parole.

— Vous voulez retourner au triage ? Est-ce que c'est ce que je dois comprendre ?

Son ton menaçant m'a fait perdre patience.

— Si vous trouvez que j'ai été déplacé, c'est vous qui êtes pas à la bonne place... Oui, j'y ai été avec douceur parce que c'te tabarnak-là aurait jamais pus fermer l'œil si je m'étais écouté. J'aurais aimé ça que le corbeau le dévore en commençant par lui arracher les yeux avec son bec, pis qu'y s'fasse poignarder par des centaines de boucles de ceinture. J'vous dis pas tout ce qui me passe par la tête parce que ça vous ferait peur à vous aussi. Le savez-vous que monsieur a tué sa fille parce qu'il faisait une crise de jalousie ? Le savez-vous que c'est un miraculé, c'te criss-là, et que Charlotte est morte de ses blessures ? Elle a eu le temps d'agoniser avant de crever, mais lui s'en est sorti indemne. Qu'est-ce que vous auriez aimé,

Claude ? Qu'on lui fasse vivre un beau moment doux avec des anges qui jouent d'la arche ?

J'étais hors de moi. J'ai vu les joues de Claude se creuser et ses lèvres se rétracter, comme font les enfants en imitant un poisson. Il essayait de ne pas rire.

— Là, c'est à mon tour de vous dire : “Ça vous amuse ?”

— Harpe.

Je l'ai regardé sans comprendre.

— Vous vouliez dire de la harpe. Pas de la arche.

— Ah sti... Ben oui, de la harpe, bon !

J'étais encore sur mon élan de colère et maintenant mon orgueil était piqué au vif. Claude s'est approché en souriant et m'a donné quelques tapes dans le dos.

— J'avais quand même compris. Donc, sachant ce que vous auriez aimé lui infliger, vous avez raison, j'estime que vous y êtes allé avec parcimonie. Vous passez quand même à l'autre étape.

C'était la première fois que Claude faisait clairement allusion à des étapes à franchir. Je l'ai suivi sans poser de question, réprimant ma surprise. Il s'est retourné, amusé.

— C'était bien pensé, la chanson de Plastic Bertrand...

— C'est une idée de Charlotte, j'ai rien à voir avec ce coup de génie.

— Je comprends. Vous étiez trop occupé à jouer de la… ?

J'ai roulé les yeux au ciel.

— C'est ça, c'est ça…

Mon carnet

15 mars 2017

Mes cheveux sont rendus tellement longs que je peux me faire une petite queue de cheval, qui a plus l'air d'un amas de queues de cochon en tire-bouchon qu'autre chose. Je me suis regardé dans le miroir et pour la première fois, j'y ai vu des traits de Suzie.

Je me suis demandé si ma relation avec elle aurait été plus facile si j'avais été une fille. J'aurais peut-être eu la même face que le « grand criss », mais avec des traits plus doux. Elle m'aurait expliqué les premières règles et possiblement mise en garde contre les garçons. Peut-être même qu'elle aurait changé pour moi. Et que j'aurais été sa priorité.

Oui, j'aurais quand même été le fruit d'une histoire d'horreur, mais on aurait peut-être eu cette complicité de naviguer toutes les deux dans un monde où les femmes doivent entretenir un argumentaire dénonçant les inégalités hommes-femmes.

Elle aurait pu aussi faire de moi l'homme le plus féministe, mais je pense que ça prend du temps et beaucoup d'amour pour enseigner une notion aussi importante. Heureusement, Tito s'y est prise à sa façon pour m'inculquer cette valeur-là.

Cet après-midi, je vais aller voir Lino, le coiffeur qui s'occupe de moi depuis que j'ai de l'argent. Il va me couper ça et je vais devoir lui raconter pourquoi j'ai l'air d'un boxeur en rémission d'un K.-O. J'ai rencontré un esti de jambon au café hier. Et c'est une insulte pour le jambon d'être comparé à lui.

Je remplissais les frigos quand je l'ai entendu crier. Il était assis à la table du fond avec son fils, qui devait avoir trois ou quatre ans. Ils étaient seuls dans le café, la tempête de neige ayant apeuré les habitués. Le petit avait renversé son jus et Martine, témoin de la scène, était tout de suite allée éponger le dégât. Je trouvais le père intense de réagir aussi démesurément avec son fils, mais ce n'était rien comparé à la suite. Il a traité Martine de tous les noms, frappé sur la table, renversé une chaise.

C'est venu me chercher dans un endroit profond. Une place que je ne veux pas revisiter. J'ai commencé à avoir des criss de spasmes comme quand Tito et Suzie se chicanaient. J'ai senti mes muscles se contracter un à un. C'est peut-être ridicule, mais je serais allé me cacher dans une garde-robe si j'avais pu. Juste quelques minutes, le temps de faire disparaître les images qui me reviennent en tête quand je suis témoin de la violence des autres.

Chaque fois, mon cerveau pèse sur *play* et je revois Suzie qui frappe Tito jusqu'à tant qu'elle en perde connaissance. À cinq ans, par la craque de ma porte de chambre, j'avais tout vu. Et puis comme si le cinéphile n'en avait pas déjà assez, la projection se poursuit et c'est le visage de Didier Lapointe qui apparaît à l'écran. J'entends ses cris. Et je sens son corps collé contre le mien. D'habitude, ce dégoût passe avec des joints. Ou de l'alcool. Mais je n'avais rien sous la main et, surtout, je dois apprendre à affronter mes monstres quand je ne peux pas les calmer. Mais vient un moment où je n'ai plus peur et c'est l'agressivité qui s'empare de moi.

J'ai couru m'interposer entre Martine et le gars et j'ai réussi à lui demander calmement ce qui se passait. C'est en réussissant à réduire l'intensité de mon feu que j'ai nourri le sien. Son poing est parti, j'ai mangé le coup sur la gueule et je suis tombé à la renverse sur une table. Martine a pris le petit dans ses bras et a couru jusqu'à la cuisine. Je me suis relevé et le père m'a pris par le collet pour me frapper encore, sur le même côté du visage. Le cave. As-tu déjà vu une arcade sourcilière se fendre ? Ça saigne en esti. Je me répétais de rester sage, que j'allais perdre ma job si je répliquais et, surtout, que je ne lui aurais pas fendu qu'un sourcil. C'est là que le gars s'est mis à me taper sur le thorax avec son gros index en me disant quelque chose qui m'a assommé encore plus que ses coups.

— As-tu des enfants, toé ?

J'ai pris sur l'autre table un paquet de napkins que j'ai plaqué sur mon œil avant de répondre.

— Hein ?

— As-tu des enfants !

Dépassé par la question, j'ai levé mon bras libre en l'air.

— Criss, c'est quoi l'rapport !

Je sentais mon cœur pulser dans mon œil. Mon cœur qui aurait aimé se faire dur comme le poing du gars parce qu'il avait compris depuis le début.

— Esti de tapette... Le jour où t'en auras, tu penseras à moé : c'est ben beau de jouer au sauveur quand tu connais pas ça. Quand t'en auras un à temps plein, tu vas voir c'est quoi. "Faites des enfants", qu'y disent ! Esti de paquet d'troubles !

La clochette de la porte a sonné et les policiers sont entrés. Le gars s'est étiré pour les voir, une poutre nous cachait d'eux. J'ai croisé le regard de Martine, qui était encore en cuisine, et on s'est compris. Je n'avais que quelques secondes. *Fuck off* Tito, tu ne pourras pas être déçue de moi : je ne te raconterai pas cette histoire.

J'ai plongé en moi pour ramasser toute l'agressivité, la colère, la tristesse, la honte, la culpabilité, mes appréhensions, mes angoisses, mes traumatismes d'enfant et j'ai concentré le tout dans mon poing fermé. C'était la première fois que je voyais le résultat de mon temps passé au gym. Si j'avais frappé comme j'aurais voulu, je l'aurais tué, mais j'ai frappé un peu moins fort que ma rage. La tête du gars est partie de côté avant qu'il tombe en pleine face sur le coin de la table. Les policiers nous ont rejoints pendant qu'il se relevait, en furie.

— Tu m'as cassé l'nez, mon sacrament!

J'ai levé mes bras en l'air comme si j'étais innocent.

— Ouais, je sais pas c'qui se passe avec lui, y tombe de même depuis tantôt. La preuve, y vient de s'péter le nez en tombant.

Les policiers avaient très bien compris mon petit jeu. Le plus grand m'a dit:

— Ah, c'est bizarre. À te voir la face, y est encore capable de bien viser, on dirait.

J'ai pris mon air que Lou aime, celui avec mes yeux un peu piteux. Là, j'ai dû travailler fort parce que j'avais juste un œil de convaincant.

— J'suis un pacifique, moi. J'sais pas me battre.

On a échangé un regard de connivence, conscients que le premier qui craquerait allait entraîner l'autre dans son rire. Une autre patrouille est arrivée pour s'occuper du petit. Martine et moi avons fait notre déposition.

Je pense au petit gars depuis hier. J'ai juste envie de lui envoyer du bon fil, celui que j'ai réussi à trouver, adulte, pour finir par me recoudre le cœur.

Sauter les étapes

Claude s'est arrêté devant une porte rose bonbon. De la musique classique semblait provenir de cette pièce.

— Croyez-vous aux signes, Will ?

— Mets-en. Surtout à celui-ci.

Mon doigt d'honneur l'a fait sourire.

J'avais déjà eu cette conversation avec Minou. Quand il s'ennuyait de son père, mort des suites d'un accident de voiture, il lui demandait des signes. Étrangement, c'est souvent par moi qu'il les recevait. Le jour où je lui avais apporté une canette de jus de raisin pétillant parce que je n'aimais pas le goût, il m'avait dit : « Ah ben ciboire. Au raisin ? » Il avait levé la canette au ciel en criant : « T'es ben smatte d'exaucer mes souhaits ! » Est-ce que c'était une hallucination ? Peut-être. Même si Tito était fière qu'il ait diminué, Minou consommait encore.

— Est-ce que je vais aller en enfer si je réponds franchement ?

— Vous y êtes déjà, mon ami.

Claude avait l'air satisfait de sa réponse. J'ai levé les yeux en l'air.

— Réservez-moi un billet pour votre one-man-show.

Sans me répondre, il a tourné la poignée et ouvert la porte. J'ai été happé par la vue d'un mur tapissé de milliers de téléviseurs. Une foule de gens étaient assis sur des coussins multicolores. Tout le monde chuchotait, le regard rivé sur un petit écran qu'ils avaient dans les mains.

— Ici, vous aiderez des défunts à établir le contact avec leurs proches.

Et merde.

— Claude. Vous vous souvenez de ce que je vous avais dit quand vous m'avez expliqué la signification des oies blanches ?

Il a croisé ses bras et m'a regardé avec attention, comme si je venais de piquer sa curiosité.

— Non.

— Je vous ai dit que c'était un peu de la marde.

— Hum. Je vois. Vous ne croyez donc pas aux signes, c'est ça ?

— C'est pas mal ça. Je peux peut-être sauter cette étape ?

— Attendez.

Il s'est gratté la tête puis a lissé sa moustache, comme il le faisait chaque fois que je le contrariais.

— Vous ne voulez pas faire cette étape, mais vous vous êtes totalement investi dans la précédente. Vous y croyiez, à celle-là ?

— Qui ne croit pas aux rêves ?

— Hum. Très bien, Will. Passons à l'étape suivante.

Sans chercher à discuter, il est ressorti et je lui ai emboîté le pas. Il avait le même ton que Tito quand elle finissait par me donner raison. C'était louche. Devant moi, Claude marchait vite. J'ai essayé de poursuivre la conversation, mais il ne répondait que par monosyllabes. J'ai donc été droit au but :

— Vous boudez ?

— Je vous trouve fantasque de sauter une étape sans savoir si ça pourrait vous exposer à des conséquences.

— Quelles conséquences ?

Je savais qu'il allait laisser planer le mystère.

— Vous aimez ça dominer les gens, hein ? C'est plus fort que vous. Vous aimez retenir l'information pour que je vous supplie de m'en donner. Qu'est-ce qui me dit que vous bluffez pas ? Peut-être qu'on célèbre mes funérailles en ce moment ou peut-être même que ça fait dix ans que j'suis mort !

Dans le corridor, un des murs est devenu noir. Je me suis croisé les bras et j'ai attendu. Je savais que Claude allait me montrer ce qui arrivait en temps réel à mon corps pour me prouver que j'étais toujours en train de vivre une expérience de mort imminente. L'image d'une chambre d'hôpital est apparue. Je ne reconnaissais aucune des personnes autour du lit. Je me suis approché du mur-écran, comme si ça me permettrait de mieux voir.

— Je suis à l'hôpital ?

Claude est resté silencieux, les yeux rivés à la projection. Il ne s'est rien passé durant un long moment. Puis une femme s'est tassée et j'ai pu voir le patient, branché de partout. Je me suis encore avancé.

— Vous vous êtes trompé, c'est pas moi, ça.

En disant « ça », je l'ai reconnu : c'était Claude. J'en avais la certitude. Une femme a rejoint les autres visiteurs et lui a flatté les cheveux. Elle lui racontait sa journée au travail, parlait de leurs enfants, lui donnait des nouvelles du chien. Je me suis retourné vers lui :

— T'es pas mort ? !

Trop surpris, j'en ai oublié de le vouvoyer.

— C'est vrai que cet homme me ressemble, mais ce n'est pas moi. Il est en mort cérébrale depuis longtemps. Quand ils vont le débrancher, il sera libéré. En attendant, cet homme stagne ici parce qu'il ne veut pas collaborer. Croyez-moi quand je vous dis de ne pas jouer au plus fin avec eux.

— Comme sauter des étapes ?

— Comme sauter des étapes.

Mon carnet

17 mars 2017

Vidanger ma mémoire
Laisser couler lentement la marde
Faire un *cleanup* avec d'l'eau de Javel

Sortir les yeux de mes orbites
Tour de manège, lave-vaisselle
Cycle express 60 minutes

M'écorcher vif
Nettoyage à sec
Solvant liquide

Me retirer le cœur
Crisser le feu aux bandages autour
Bain tiède, p'tite vache
Baking soda

Récurer
Frotter
Faire briller

Regarder partir les traumas
Au revoir presque touchants
La face dans le fond du drain

Me sortir de moi
Tour du propriétaire
« C'est grand icitte… Y a de l'écho. »
« Ç'a l'air vide, hein ? »

Remettre la marde
Replacer mes yeux
Resalir ma peau
Rebander le cœur

Crisser une pancarte
« En réparation »
Sourire

J'suis capable

Le passage

Je pensais qu'on allait faire demi-tour et retourner à la salle des signes, celle sur laquelle je n'aurais pas dû faire l'impasse, mais non, Claude a continué sa route. Après un virage à droite, il s'est arrêté.

— Je ne vous demanderai pas si vous croyez à la réincarnation...

— Pourquoi ? J'pourrais vous surprendre.

Il s'est appuyé sur la porte, curieux de m'entendre.

— Je vous écoute.

— Quand j'étais petit, c'était mon rêve d'avoir une autre face, une autre vie. J'étais trop p'tit pour parler de réincarnation, mais j'me souviens que je souhaitais être comme le bonhomme dans les jeux vidéo qui revenait toujours à la vie même si c'était *game over*.

— Hum. Intéressant. Venez.

On est entrés dans une grande salle remplie de petites cabines. J'ai tout de suite pensé à Tito qui adorait qu'on aille faire un tour dans le photomaton du centre commercial. Elle m'y traînait chaque année, me disant que c'était une tradition et qu'un jour je la remercierais. Je m'assoyais sur sa cuisse et quand le décompte était lancé, on préparait nos plus belles grimaces. La plupart du temps, on riait trop pour garder la pose.

L'année de mes 13 ans, je lui avais proposé d'inverser nos positions. J'étais devenu trop grand et trop lourd pour qu'elle me prenne sur ses genoux. On s'était disputés et voyant que j'avais raison, elle avait cédé et posé une fesse sur mon genou. Éblouie par le premier flash, elle avait perdu l'équilibre et était tombée par terre. La séquence de quatre photos est un petit bijou. Sur la première, Tito sourit peu, visiblement mal à l'aise. Sur la deuxième, on la voit basculer en serrant les dents. Et sur les troisième et quatrième photos, c'est un gros plan de mes fesses. Je m'étais penché pour l'aider à se relever, avec un succès assez mitigé. En la voyant coincée entre le petit tabouret et le rideau de velours, et en l'entendant sacrer, j'avais été forcé de m'asseoir par terre, terrassé par le fou rire.

J'ai suivi Claude dans les allées. Plus loin, il y avait une file d'attente. J'avais enfin l'impression de tout comprendre sans qu'il m'explique.

— Dites-moi rien, j'ai deviné.

J'ai pointé les cabines puis les gens.

— Ils rentrent là-dedans pour décider en quoi ils veulent se réincarner. Et comme par magie, ils disparaissent pour aller vivre leur nouvelle vie.

Il ne semblait pas impressionné par mon explication.

— Pas du tout. Ici, les gens ont l'opportunité de revivre un petit bout de leur vie avant de s'en aller pour de bon.

— Hein ? Mais ç'a rien à voir avec la réincarnation...

— Non.

— Pourquoi vous m'avez parlé de ça avant d'entrer ?

— Parce qu'ici, la météo n'est pas un sujet de conversation quand on ne sait pas quoi dire.

Je n'ai pu m'empêcher de lui donner un petit coup sur l'épaule en riant.

— Sacré Claude.

J'étais déçu. J'aurais aimé voir quelqu'un se réincarner. Il y a des millions de raisons de vouloir devenir une nouvelle personne. On le souhaite tous à un moment ou un autre. Mais en m'imaginant que cette option était bel et bien chose possible, j'ai eu le vertige. La mémoire garde-t-elle une trace de notre vie antérieure quand on en commence une nouvelle ?

Tandis que Claude poursuivait sa visite de la salle, j'en ai profité pour partir de mon côté, curieux de découvrir par moi-même les cabines. J'ai choisi celle du fond. Je me suis penché pour regarder sous le petit rideau qui servait de porte, et la cabine étant vide, j'y ai pris place. La cabine était une réplique parfaite du photomaton du centre commercial. Intrigué, j'ai refermé le rideau et l'écran s'est allumé. Une courte liste de choix est apparue. Je n'avais qu'à appuyer sur le bouton correspondant à ma sélection. Il y avait aussi un micro où on pouvait dire le moment qu'on souhaitait revivre. J'ai lu à voix haute ce qui m'était proposé :

- Votre naissance
- Un de vos anniversaires
- La naissance de vos enfants
- Une rencontre importante
- Votre mariage

Si j'avais eu à choisir, j'aurais peut-être pesé sur « Un de vos anniversaires ». La soirée de mes 16 ans avait été si burlesque que j'en parlais encore souvent avec Lou, David et Christophe. Avec leur complicité, Tito et Suzie avaient organisé un party à l'appartement pendant que je travaillais au dépanneur. À mon retour ce soir-là, Chaton m'avait fait signe de regarder la banderole accrochée par Tito dans la ruelle. J'avais lu à voix haute : « Joyeux *Sweet Sexteen* ! » Je n'avais pas pu me retenir :

— Tabarnak, c'est quoi ça ? *Come on,* les gars, vous auriez pu lui dire que c'était *sixteen* ! Déjà que l'appartement a la réputation d'être une place de débauche, on a l'air de quoi, là !

Chaton et Minou étaient trop occupés à plaisanter pour me répondre. Je m'étais lentement dirigé chez nous en essayant d'apercevoir les invités par les fenêtres. En me voyant arriver, Lou avait sauté dans ses bottes et était venue me rejoindre sur le patio. L'air paniquée, elle m'avait juré que leurs idées n'avaient pas été retenues et que Tito et Suzie s'étaient chargées de tout organiser. J'ai tout de suite compris que la situation était grave. J'avais mille images qui me passaient en tête, mais c'est quand je suis entré dans l'appartement que j'ai constaté l'ampleur des dégâts. Jim Morrison chantait *Roadhouse Blues* et le son trop fort de la musique faisait grésiller les haut-parleurs.

La banderole de la ruelle disait vrai : l'appart avait été transformé en bar de danseuses. Au fond du salon, j'ai vu Marlène, notre voisine. Flambant nue, elle faisait couler de l'huile sur son corps avant d'aller se frotter contre le mur. À côté, quatre hommes que je n'avais jamais vus jouaient aux cartes sans la regarder. Dans la lumière tamisée flottaient d'épaisses volutes de fumée. À chaque coin du salon, il y avait une danseuse.

— Wiiiiiillll ! ! ! ! !

En me voyant, Suzie s'était élancée dans mes bras, déjà soûle.

— Le p'tit Will qu'est rendu un homme ! C'est toute pour toé, ces belles femmes-là ! Gâte-toé !

David et Christophe étaient assis sur le divan et fixaient la plus jeune des danseuses, qui devait avoir

20 ans. J'aurais eu le même regard langoureux qu'eux si j'étais arrivé en découvrant une table remplie de sandwichs en triangle avec des jus de fruits et un gâteau. Des seins, des fesses et des vulves ne m'impressionnaient plus. J'en avais déjà assez vu durant les partys que Tito et Suzie organisaient.

J'avais fait le tour de la place en cherchant Tito et je l'avais aperçue, elle aussi toute nue, dans sa chambre avec Bernard, un vieil ami. Insulté et dégoûté que ma fête serve de prétexte à transformer les lieux en bordel, j'avais voulu aller passer la soirée ailleurs. David et Christophe me traitaient d'innocent et me disaient que c'était le party que tous les gars de 16 ans rêvaient d'avoir. J'avais demandé à Lou si elle voulait aller jouer au hockey dans la ruelle. Elle avait gueulé pour que je puisse l'entendre :

— Entre regarder des culs se faire aller ou aller dehors, j'choisis dehors !

J'avais apporté des bières, que j'avais plantées dans un banc de neige, et j'avais été frapper à toutes les portes de l'immeuble pour recruter des joueurs. Dix minutes m'avaient suffi à monter deux équipes. Chaton arbitrait. Lou n'avait pas voulu jouer, mais pour nous encourager, elle avait été chercher une boîte de beignes et des chocolats chauds à la Beignerie avec Minou. Habitué à jouer seul, je découvrais le plaisir et l'exaltation d'avoir des coéquipiers avec qui hurler ma joie quand je marquais un but. C'était aussi la première fois que je touchais à une rondelle. J'avais été impressionné par sa lourdeur, qui n'avait rien à voir avec la canne de tomates vide avec laquelle j'avais toujours joué.

Je n'avais même pas eu le temps de me soûler ou de me geler, trop occupé à vouloir faire gagner mon équipe. C'était les Sex contre les Six. On avait dû rééquilibrer les équipes : tout le monde voulait jouer dans les Sex. J'avais tenu à m'aligner avec les Six. À la fin de la soirée, quand tout le monde était parti, fatigué mais content d'avoir gagné, je m'étais couché par terre dans la ruelle pour chercher un coin de ciel étoilé. Lou s'était allongée à côté de moi.

— On est en ville, y a trop de pollution lumineuse...

— J'veux juste voir une étoile. Ça pourrait être comme ma chandelle de fête. Pis j'ferais un vœu.

— Tu pourras pas la souffler, épais.

— Pas grave, c'est encore mieux, mon vœu s'éteindra pas.

— Là, y en a une !

Je m'étais fermé les yeux et j'avais souhaité être tout le temps comme je l'avais été ce soir-là.

Assis devant l'écran du photomaton, j'étais encore à regarder les choix à ma disposition. Je me suis penché et j'ai entrouvert le rideau. Claude était au fond de la salle à parler aux gens en file. Je me suis rassis. J'avais cette folle envie de revivre cette soirée-là, de baigner à nouveau dans cette effervescence du soir de mes 16 ans, de ressentir encore l'adrénaline de mon premier but et cette fierté de réaliser que je pouvais m'amuser en restant sobre.

J'ai avancé mon doigt jusqu'à effleurer l'écran et j'ai pesé rapidement sur mon choix, stressé d'aller à l'encontre des règlements. J'ai attendu quelques secondes sans que rien ne se passe. Peut-être fallait-il être vraiment mort pour avoir droit à ce saut dans le passé. Au moment où j'allais sortir de la cabine, j'ai entendu une voix :

— Vous avez pesé sur "Revivre votre naissance".

Je me suis retourné, paniqué. En me penchant vers l'écran, j'ai chuchoté :

— Hein ? Non, non, j'ai demandé de revivre un de mes anniversaires !

Sans relever mon objection, la voix a dit :

— En route vers votre naissance, bon voyage !

J'ai ouvert le rideau, affolé. J'avais deux choix : faire un fou de moi en allant confirmer à Claude qu'il ne pouvait pas me laisser seul quelques minutes ou fermer ma gueule et lâcher prise. Je n'ai pas eu le temps de trancher que tout est devenu noir. Je me suis mis à avoir chaud et à me sentir oppressé. J'ai essayé de bouger, sans y arriver. J'étais nu et recroquevillé.

De loin, me parvenaient des voix étouffées dont je n'arrivais pas à saisir les mots. J'ai essayé de toucher mon cou, mais mes mains sont parties dans tous les sens comme si je ne les maîtrisais pas. Je suis resté immobile jusqu'au moment où j'ai ressenti autour de mon corps une pression qui m'a propulsé vers l'avant. Au même moment, j'ai entendu crier Suzie. C'était réel, je revivais ma naissance. Je me rappelais qu'on m'avait dit que j'étais né avec deux tours de cordon ombilical autour du cou, mais j'ai essayé de penser à autre chose pour éviter de paniquer. J'entendais maintenant clairement tout ce qui se disait dans la salle d'accouchement. Tito continuait d'encourager Suzie qui ne faisait que l'insulter en retour.

— Lâche pas ! Y s'en vient ! Lâche pas ! Pousse, ma Suz !

J'avais plutôt envie de lui demander une pause : cette sensation d'étau m'angoissait de plus en plus et les cris de Suzie me terrorisaient.

— Vas-tu fermer ta criss de yeule ! J'veux pas pis j'en veux pas ! J'veux retourner chez nous, j'veux que ça arrête !

Une autre voix, posée mais ferme, s'est fait entendre :

— Poussez, Suzie, vous y êtes presque, la tête s'en vient !

Les contractions se faisaient de plus en plus fortes et m'écrasaient en même temps qu'elles me poussaient vers l'ouverture. Tout s'est passé rapidement et je me suis senti glisser tout d'un coup. Ma tête est sortie, puis mes épaules. Deux mains froides se sont emparées de moi et ont dégagé le cordon autour de mon cou. Où était donc l'infirmière qui était censée chanter *I Will Survive* ? Je devais me rendre à l'évidence : l'ambiance n'était pas à la fête et personne ne chantait. Au lieu de la légendaire trame sonore de ma naissance, j'ai simplement entendu une voix d'homme dire :

— Comment tu vas l'appeler ?

À cet instant précis, j'ai senti une masse d'air pénétrer dans mes poumons et je me suis mis à hurler. J'ai pleuré longtemps, délibérément. J'ai pleuré cette entrée ratée, j'ai braillé la mère que je n'aurais jamais et j'ai gémi la suite, que je connaissais d'avance. Ma lèvre inférieure et ma langue tremblaient à chaque sanglot. On m'avait toujours dit que j'étais venu au monde en miaulant comme un petit chat. Ce n'est pas ce que j'étais en train de vivre.

On m'a pris et enfin emmailloté dans une couverture chaude pour me déposer dans des bras qui n'étaient ni ceux de Suzie ni ceux de Tito. J'en étais certain parce que lorsque je me suis enfin tu, je les ai entendues se disputer plus loin. J'ai fait un effort pour essayer de regarder ce gros visage qui m'examinait, mais tout était flou comme si je voyais au travers d'un pot de Vaseline. On est restés comme ça longtemps. Je m'attendais à ce qu'il me parle, mais non. Il a détaché un coin de la couverture, a sorti ma main et, lentement, il a déplié mes doigts un à un. Il a fait ça quelques fois puis m'a emmailloté de nouveau. C'est là que j'ai reçu sur mon visage des gouttes qui m'ont forcé à refermer les yeux. L'homme pleurait. Et en bon bébé, je me suis remis à hurler. J'avais faim.

Partir

J'ai senti deux bras me secouer.

— Non mais, vous êtes fou ? Je ne peux pas vous laisser seul deux minutes ?

Toujours assis sur le petit tabouret de cuir, j'ai lentement repris conscience, comme si on me réveillait d'un rêve profond. Claude était rouge. Je me suis levé et je suis sorti de la cabine. Il m'a suivi en continuant à pester en m'expliquant les conséquences auxquelles je m'exposais. J'ai déambulé dans les allées jusqu'à la porte de la salle avant de me retourner.

— J'dois voir ma mère et ma grand-mère.

— Vous n'avez pas terminé votre mandat.

En temps normal, j'aurais haussé le ton, mais je me sentais encore dans un état second.

— J'dois voir ma mère et ma grand-mère.

Claude s'est approché de moi et m'a pris par les épaules.

— Est-ce que vous vous rendez compte que vous êtes en train de partir ?

— Partir où ?

Il m'a dévisagé sans répondre. Il attendait que je le réalise par moi-même. Pour la première fois depuis que j'étais ici, je ne ressentais plus d'émotions. Je ressentais une paix indescriptible au niveau du plexus solaire, exactement à l'endroit où l'anxiété me grugeait d'habitude. Partir? J'ai fait le lien.

— J'suis en train de mourir parce que j'ai été dans la cabine réservée à ceux qui passent de l'autre côté, c'est ça?

Claude a fait la moue. Je me suis accoté sur le cadre de la porte en regardant au loin. La curiosité allait me tuer et j'allais tirer ma révérence sans résoudre l'histoire autour de mon prénom. En fait, je crois que j'avais déjà tout compris. Tito avait dû vouloir inventer cette anecdote pour me faire plaisir parce que je savais maintenant que ma venue au monde n'avait rien eu d'idyllique. Son intention était louable et j'avais toujours été fier de raconter l'origine de mon court prénom.

J'ai pensé à Lou que j'allais perdre. C'est fou, je ne ressentais même pas de peine. J'ai essayé de faire monter la douleur, la déception, la peur, la colère de devoir mourir pour une faute aussi insignifiante, mais j'étais impassible. On est restés comme ça une dizaine de minutes, silencieux. Puis j'ai dit à Claude:

— Ben là, ça se passe comment? Quelqu'un va venir me chercher, j'vais me faire aspirer par un gros tuyau, vous allez me réduire en cendres?

— Regardez derrière vous. La Grande Faucheuse est là.

J'ai sursauté et je me suis retourné. Claude a éclaté de rire.

— Allez, Will. Tout ce que la Faucheuse pourrait faire pour vous en ce moment, c'est vous offrir une coupe de cheveux avec sa lame.

Je me suis penché en mettant mes deux mains sur mes genoux.

— Vous êtes un esti.

— Ça vous apprendra à fouiner.

— Pourquoi je me sens engourdi, sans émotions ?

— Vous ne revenez pas d'une balade en montagne, vous avez revécu votre naissance. On serait épuisés pour moins. Vous avez deux choix maintenant : aider quelqu'un à revivre un événement important ou retourner dans la pièce précédente pour les aider à établir des contacts avec un de leurs proches.

— J'dois voir ma mère et ma grand-mère.

— Ça viendra.

Mon carnet

25 mars 2017

J'ai passé la soirée avec Christophe. On a d'abord été dans le bas de la ville pour faire une transaction avec un gars. Devenir père ne l'a pas changé. Il consomme presque autant et devient de plus en plus paranoïaque. La preuve: il s'est encore acheté un revolver. Je ne devrais pas le juger: j'ai caché un couteau sous mon oreiller pendant des années et ma meilleure amie était une carabine. Mais la différence est là: elle était à plomb.

J'ai attendu dans l'auto pendant qu'il était chez le dealer. Je pensais qu'il allait chercher de quoi se geler. Le saut que j'ai fait quand il est revenu et qu'il a ouvert son manteau pour me montrer sa nouvelle acquisition. Il était excité comme un enfant.

Ça me fait capoter de penser qu'il a une petite fille de deux ans et qu'il vit comme si on était encore des adolescents. Je ne sais pas si tu es au courant, mais Christophe a souvent eu un gun sur lui, même quand on était jeunes. Des fois, je me sens coupable. Quand on l'a connu, c'était le petit timide qui ne voulait pas déplaire et qui aurait tout fait pour être ami avec David et moi. Mais on ne vient pas de la même place et j'ai souvent ressenti qu'il nous enviait d'être des fuckés d'origine.

Rapidement, il a commencé à vouloir former une organisation où on aurait commis de petits méfaits pour payer notre dope. Son rêve était de faire la tournée des dépanneurs. Je l'avais traité d'épais en lui disant que c'est moi qu'il finirait par braquer. Quand il avait rejoint la gang de Favreau, on l'avait perdu pour une couple de mois. On les appelait les « p'tits bums ». Quatre gars de secondaire 4 qui essayaient de faire peur à tout le monde en marchant comme s'ils avaient deux mètres de large d'épaules.

La seule fois où Sébastien Favreau m'avait bousculé dans l'aile des casiers de l'école, j'avais été suspendu le restant de la semaine. Ce n'était pas un épais comme lui qui allait me tasser dans les casiers sans que je réagisse. Ce soir-là, Christophe était venu me voir à l'appartement et m'avait prévenu que les « p'tits bums » étaient plus crinqués qu'on pensait et que j'avais été chanceux de garder tous mes morceaux. J'avais fait mon tough en lui répondant que je n'avais pas peur, qu'un plomb entre les deux yeux faisait aussi le travail. Il m'avait regardé, s'était tourné de côté et avait levé son t-shirt pour me laisser voir la crosse de son revolver en me disant que les plombs, c'était pour les enfants.

En quelques mois, Christophe avait fait plus de conneries que moi et David réunis et avait réussi à se tailler une place honorable en se frottant avec une autre gang de plus vieux qui n'allaient plus à l'école depuis longtemps et qui accumulaient les crimes. Quand je lui avais demandé pourquoi il venait me mettre en garde contre ses chums, il m'avait répondu qu'il nous avait vus nous battre dans le corridor et qu'il espérait que je défonce la tête de Favreau.

J'avais compris entre les lignes que Christophe voulait recommencer à nous fréquenter, mais qu'il avait peur pour sa sécurité. Mon amitié pour lui était assez forte pour que j'aille voir la gang à Favreau après l'école et que je pile sur mon orgueil en louangeant leur petit chef à qui j'avais cassé la gueule une semaine plus tôt. Ces caves, encore plus caves que je le pensais, m'avaient cru quand je leur avais dit que c'était ma marque de commerce d'être soupe au lait. Devant ses disciples, j'avais tendu la main à Sébastien qui n'avait même pas pris la peine de réfléchir et qui m'avait pris dans ses bras en me sacrant quelques claques dans le dos.

Je ne l'ai jamais dit à Christophe, mais avoir enterré la hache de guerre me soulageait. Même si j'avais deux têtes de plus qu'eux, nous ne parlions pas le même langage: j'en étais encore aux poings et eux aux guns. C'est peut-être pour ça que je suis encore en vie, contrairement à Sébastien Favreau. À vouloir être trop téméraire, on perd la tête et on se mesure à plus grand que soi. C'est ce qui lui est arrivé. À 20 ans, il a reçu une balle dans la nuque en sortant d'un bar.

À partir de là, Christophe s'est calmé et a essayé de se reprendre en main, mais il traînait toujours son maudit revolver avec lui. « Au cas où », comme il disait quand je le lui reprochais.

Je sais que c'est tough pour lui en ce moment et que sa séparation avec la mère de sa petite lui rentre dedans. Il passe souvent ses soirées à mon ancien appartement avec Suzie, Tito et tous les autres. Même si je lui dis que pour son bien, il devrait ne pas trop les fréquenter et espacer ses visites là-bas pendant sa mauvaise passe, on s'est ramassés là ce soir.

Christophe pense qu'il a réussi à me convaincre que Tito s'ennuyait de moi. C'est ridicule, on se parle deux ou trois fois par jour, elle et moi. J'y ai été cette fois parce que je n'ai pas été assez fort pour refuser de m'alléger la tête. Dit de même, c'est presque poétique. M'alléger. Me dévisser la tête, oui. Et la vérité c'est que je suis gelé en criss. J'ai pris dix minutes pour monter l'escalier jusqu'à mon appartement et peut-être autant de temps à mettre la clé dans la serrure. Je me sens comme un pain à hot-dog trop steamé qui se désagrège lentement. Je ne suis pas fier de cette rechute. Ni d'être un pain à hot-dog. J'aime mieux les bagels.

J'ai la tête molle
Un mélange de marshmallow pis de tripes
Mes pensées sont lentes

Je les regarde passer
J'pourrais en pogner une
Pis la lancer

Juste pour voir ses jambes
Ou ses ailes
Pis savoir de quel bord elle va s'en aller

J'm'évapore peu à peu
Pis j'reste en suspension dans l'air
Des centaines de molécules de moi

Je tourne dans le sofa
J'suis la Terre
Ma croûte continentale est solide

Pis t'es là
Avec ta p'tite cuillère
Essayant de briser ma première couche

J'suis une crème brûlée
Quatre jaunes d'œuf
Mais pas autant de soleils

Le plancher veut m'avaler
J'me tiens sur les murs
J'suis la constellation des Chiens de chasse
Une étoile pas très brillante

Mon cœur est un frisbee
J'le garroche dans tous les sens
Y a personne pour l'attraper

La femme dans ma télé rit
Je l'imite
Ma voix est une cascade

Je la regarde descendre
Une chute de fou rire
J'me baigne en dessous

J't'écris
Mon message reste non lu
Je sais, t'es busy

Anyway, j'suis trop stone
J'regarde la corde à côté de moi
J'avais toute ça autour du cœur

C'est rare que j'le déballe
J'le prends dans mes mains
« T'es ben beau ! »

J'te montrerai ça une autre fois
Ou pas

« J'suis pas le bon gars... »

J'ai dit à Claude que je voulais aller aider les gens à établir des liens avec leurs proches. Je ne pouvais plus regarder ces cabines sans avoir la nausée.

Il marchait devant moi dans le corridor. Je me sentais encore étrange, cette sensation de somnolence ne me lâchait pas. Et je repensais à l'accouchement. Tito m'avait appris, jeune, à être admiratif de toutes les femmes, mais elle ne m'avait jamais parlé de la trempe que ça prenait pour fabriquer un humain et le mettre au monde. Même si Suzie ne voulait pas vivre cette expérience, j'étais capable d'être objectif: elle s'était comportée en héroïne cette nuit-là.

— Si vous avez besoin d'être rassuré sur votre statut, vous pouvez jeter un coup d'œil à votre projection.

— Me revoir mort dans la ruelle ? Pourquoi ?

— Pour vous sécuriser. Pour avoir la preuve que seules quelques minutes se sont écoulées depuis que vous avez été atteint.

— On dirait que ça fait cent ans que j'suis ici... Non merci pour la projection. Y a un côté voyeur à regarder du monde souffrir sans pouvoir rien faire. J'vais passer mon tour.

Claude a souri.

— Quoi ?

— Elle vous aime bien, non ?

— Qui ?

— La jeune femme qui frappe votre poitrine pour que vous ne partiez pas.

— C'est compliqué...

— Les gens aiment bien les choses compliquées.

— Je l'aime trop pour la laisser m'aimer.

Claude s'est arrêté et a fait demi-tour pour me regarder dans le blanc des yeux.

— Êtes-vous sérieux ? Will... J'en ai entendu des choses ici, mais croyez-moi, celle-là est la plus ridicule.

Je n'allais pas le contredire. C'est vrai que c'était absurde, mais Lou méritait mieux qu'un gars qui s'était élevé seul et qui traînait des blessures prêtes à se rouvrir n'importe quand. Elle était une femme accomplie, une architecte qui travaillait « comme une folle », selon ses propres mots. Ses parents ne cachaient pas leur fierté qu'elle soit affiliée au cabinet familial, et elle était propriétaire du plus beau condo de l'île et d'un chalet que j'appelle une maison, sur le bord du lac Stukely.

Quand elle nous invitait à prendre l'autoroute 10 pour aller la rejoindre, je m'inventais toujours une raison pour choker. Je ne voulais pas être très loin de Tito et Suzie. J'avais peur qu'une catastrophe arrive, qu'elles s'entretuent, qu'elles mettent le feu au bloc appartements pendant un party. Je n'habitais plus avec elles, mais je n'étais pas si loin. Je n'aurais jamais pensé qu'un drame aurait pu arriver aussi tôt un samedi matin pendant que j'étais à quelques rues de là, à manger du bacon.

À chacune de mes excuses, Lou me disait qu'un jour elle réussirait à me faire changer d'idée. Pour que je flanche enfin, elle organisait au bord du lac des partys de plus en plus grandioses: olympiades, fêtes thématiques, soirées costumées. Elle savait bien que j'étais toujours le premier à vouloir fêter et que ça ne me prenait pas de raison valable pour le faire, mais jusque-là, je n'avais pas été capable d'honorer ses efforts en me présentant à une de ses soirées. Pour la fête de David, en juillet, elle nous avait texté du bord de son lac pour qu'on aille la rejoindre. Elle avait tout acheté pour faire un BBQ et nous bombardait de photos d'elle au soleil.

Sans rien dire à Lou, je m'étais arrangé avec une employée pour être remplacé durant deux jours. Mon réservoir était plein, mon sac à dos était prêt. J'avais pris soin de garder secrète ma venue au lac.

Ma culpabilité de quitter la ville et Tito était, pour la première fois, moins grande que mon envie d'aller à la campagne. Je n'avais pas fait deux coins de rue que Tito m'appelait pour m'apprendre que Suzie manquait à l'appel depuis deux jours. J'avais sacré un bon coup avant de lui faire remarquer que Suzie nous avait déjà fait le coup et qu'elle réapparaîtrait bientôt, mais Tito m'avait supplié de l'aider dans ses recherches et même si je n'avais en tête que le quai, le lac, le BBQ et Lou, je n'avais pas été capable de refuser.

On avait passé le reste de la journée à faire le tour des bars et des endroits préférés de Suzie. On avait poussé nos recherches jusqu'à l'hôpital, où on nous avait presque applaudis d'être ceux qui résolvaient le dossier de la patiente mystère. Sans papiers ni téléphone, Suzie s'était présentée à l'urgence la veille pour une crise d'appendicite. Insultée de ne pouvoir quitter l'hôpital, elle avait refusé de fournir au personnel la moindre info sur elle. Sobre depuis 48 heures, elle commençait à présenter des symptômes de sevrage.

J'aurais pu rester à son chevet avec Tito, mais le moment était parfait pour partir la tête tranquille: toutes deux étaient en sécurité à l'hôpital. C'était d'ailleurs à ce moment-là que j'avais réalisé que je n'avais peut-être pas d'enfants, mais que depuis longtemps, j'étais le parent de deux adultes.

Il était 23 heures. C'était la première fois que je prenais la route du chalet et il y avait quelque chose de magique à m'y rendre de nuit. Le ciel m'en mettait plein la vue avec ses étoiles et ses constellations. En m'arrêtant dans un garage pour me prendre un Coke et des chips, j'en avais profité pour texter Lou. J'avais fait le saut en découvrant tous les messages que j'avais manqués dans les dernières heures. David disait que sa blonde n'avait pas pu se libérer, mais qu'ils pourraient être là le lendemain. Et puisque Christophe n'avait pas d'auto, il embarquerait avec eux. Le BBQ avait donc été repoussé d'une journée.

Il était minuit et je n'avais pas envie de retourner à Montréal. Malgré l'heure, j'avais écrit à Lou en lui disant que je n'avais pas répondu à l'invitation parce que je voulais leur faire une surprise, mais qu'une urgence m'avait retardé et que j'étais maintenant à 20 minutes du chalet.

Lou ne répond jamais très vite à ses textos, mais cette nuit-là, en quelques secondes j'avais cette information extraordinaire qu'elle m'attendait sur le quai. J'aurais pu faire la route en deux fois moins de temps, trop excité de la rejoindre, mais grâce à cette boule d'anxiété qui s'amusait à voyager dans mes tripes, j'avais respecté la vitesse permise.

Une fois l'auto stationnée, en me retournant pour prendre mon sac à dos et la caisse de bières sur le siège arrière, j'avais accroché le klaxon. La honte m'avait cloué dans l'auto durant plusieurs minutes. Après m'être traité de tous les noms, je m'étais enfin résolu à sortir et j'avais suivi au son les rires de Lou pour trouver le quai. Debout, enroulée dans une couverture de laine, elle était devenue sérieuse en me voyant. Je ne me souvenais plus de la dernière fois qu'on avait été seuls, sans les gars. On avait fait du *small talk* durant quelques minutes, jusqu'à tant qu'elle s'approche en me disant :

— Will Forest, t'es le plus intelligent mais le plus lent des gars que je connaisse...

J'avais reculé de quelques pas, en portant la main à mon cœur, feignant d'être atteint dans mon ego.

Je savais ce qu'elle voulait dire, mais je gagnais du temps comme dans les quiz, quand les participants font répéter la question à l'animateur en misant sur ces quelques secondes de sursis pour trouver la bonne réponse. Je savais que depuis longtemps Lou attendait que je fasse les premiers pas. Elle fréquentait des gars, mais nous disait toujours que c'était en attendant que le bon se réveille.

J'avais les mains moites. J'essayais de me rappeler que ce n'était que Louisette, mon amie, celle qui m'avait cassé la gueule la première fois qu'on s'était parlé. Comme un con, je pensais que ça me calmerait. Mais non. Justement, *c'était* Louisette. Lou. Celle pour qui j'avais tout de suite eu un coup de cœur et un coup de foudre, en même temps qu'un coup de poing. Elle était là, à attendre que je fasse un pas vers elle. On aurait pu s'embrasser, faire tanguer le quai en faisant l'amour, mais comme un cave, j'avais dit :

— Penses-tu que l'eau est froide ?

Et avant d'attendre sa réponse, je m'étais déshabillé et j'avais plongé tête première dans le lac sans même en sonder la profondeur. C'était la première fois que je me baignais ailleurs que dans une piscine et j'avais prolongé mon moment sous l'eau pour immortaliser cet événement. En remontant à la surface, j'avais fait le saut. Elle était devant moi dans l'eau. Nue. La lueur de la petite lanterne sur le quai se reflétait dans ses yeux. Avant de l'embrasser, je lui avais dit :

— J'suis pas le bon gars...

Lou m'avait ensuite invité dans le chalet où on s'était couchés sur le sofa. Elle m'avait demandé :

— Penses-tu qu'on est en train de gâcher quelque chose ?

Je m'étais relevé sur les coudes.

— Je sais pas toi, mais moi avec mes grandes jambes, j'gâche ton beau *setup* de coussins, oui.

Son rire avait remué la boule de stress, rendue quelque part entre mon estomac et ma gorge. Je savais que j'avais la face d'un gars en amour. Le petit air épais du gars qui sourit pour rien avec les yeux un peu plissés. Ça m'énervait.

— Arrête de niaiser, tu sais qu'est-ce que j'veux dire.

Avant de l'embrasser et de lui faire l'amour, j'avais répondu :

— On gâche rien, non...

Cette nuit-là, Lou avait voulu en savoir plus sur ma relation avec Tito et Suzie. C'était évident que je venais d'une famille dysfonctionnelle, mais je n'en avais jamais parlé ouvertement. En fait, il n'y avait pas grand-chose à en dire. Pourquoi perdre du temps sur le sujet si je ne pouvais rien y changer, et qu'est-ce que l'opinion des gens m'aurait apporté de plus ? Qu'ils me disent : « C'est vrai que c'est un criss de trou à rats chez vous » ? Je le savais déjà. Mais avec Lou, j'avais réussi à m'abandonner presque complètement. Même si j'aimais profondément Tito et Suzie, je m'étais surpris à lui dire que la vie avec elles étaient lourde et que souvent, j'aurais préféré qu'elles n'existent plus. C'était perturbant comme confession.

Ma tête reposait sur ses cuisses, et elle me flattait les cheveux sans paraître déstabilisée par mes propos. Elle m'a demandé si j'avais déjà vu mon père. Jusque-là, seuls David et Christophe savaient que j'étais l'enfant d'un viol. Mais avec elle, pour une première fois, j'avais abordé cette honte que je portais en moi. Cette culpabilité, aussi, d'avoir été pour Suzie une séquelle quotidienne de ce traumatisme.

J'avais aussitôt regretté d'avoir parlé. C'était fou de lui dire que j'étais la réplique physique d'un débile qui avait gâché la vie de plusieurs personnes.

Comme si elle avait deviné mes pensées, elle s'était penchée et, en voyant mon visage à l'envers, m'avait dit :

— Heille. Quand bien même que tu lui ressemblerais, t'es pas lui, OK ?

Je n'avais pas été capable de lui répondre sérieusement et j'avais fait mon grand coming out en lui disant :

— Savais-tu ça que je suis le king des petits déjeuners ?

On n'avait pas dormi de la nuit et à 4 heures du matin, j'étais dans la cuisine à lui préparer le célèbre déjeuner de chez Maurice.

Vers midi, quand les gars avaient débarqué, la première chose que David m'avait demandée, c'est à quelle heure j'étais arrivé. À ma réponse, il m'avait regardé avec un sourire complice en me montrant son poing pour que je le cogne avec le mien. Je m'étais dépêché de dire tout bas :

— Oublie ça, y a rien de sérieux, là...

David est le frère que je n'ai jamais eu. On se regarde et on se comprend. Lui aussi avait longtemps galéré avant d'être en couple avec Sophie, se refermant à tout ce qui pouvait ressembler à de l'amour. Notre succès auprès des filles était peut-être directement relié à ce jeu d'indépendance qui attise le mystère et fait monter les tensions. Dans notre cas, c'était réel : on ne voulait rien d'autre que de coucher avec nos conquêtes. Et quand ça devenait trop compliqué à gérer, on disparaissait sans laisser de trace. Deux beaux trous de cul. Mais en rencontrant Sophie, David était éperdument tombé amoureux et m'avait juré que c'était la plus belle chose qui lui était arrivée. Je ne l'avais pas contredit, mais j'avais eu envie de lui dire que ce serait aussi la pire quand ça se terminerait. C'est bon de savoir se taire.

Tito avait essayé de me mettre du plomb dans la tête, de me faire comprendre que de ne pas rappeler les filles était un manque de respect envers elles. Elle avait raison. Mais je ne savais pas faire autrement que rejeter avant d'être rejeté. Cruel mais efficace. Pour David, j'aurais pu lui raconter n'importe quoi, il était au courant que j'étais en amour avec Lou et il n'avait pas eu besoin d'explication quand je lui avais dit que ce n'était pas sérieux. Empathique, il comprenait ma peur.

Après ma visite au chalet, on s'était vus presque chaque soir, elle et moi. Si on m'avait dit que mes vieux Reebok étaient bourrés de nuages, je l'aurais cru. Au café, je flottais. Juste de penser que j'allais la revoir après mon shift, ça me faisait un effet que je n'avais jamais ressenti, et aucune drogue que j'avais essayée n'arrivait à la cheville de cet état.

Tous les deux couchés dans mes draps de bambou, je lui avais souvent répété que ce n'était rien nous deux, que ça n'irait pas plus loin. Chaque fois que j'abordais ce sujet, elle me plaquait un doigt sur la bouche pour me faire taire et l'enlevait rapidement pour m'embrasser. Ç'en était rendu un *running gag*. Un soir, en m'entendant prononcer les premiers mots, je me suis rendu compte que c'était moi que j'essayais de convaincre. « C'est rien, nous deux... » Au contraire. C'était tout. Et trop.

Et même si Claude ridiculisait ma réponse et qu'il avait raison, j'étais encore certain que je faisais la bonne chose : je ne pouvais pas la laisser m'aimer.

J'ai suivi Claude dans la salle aux murs tapissés de téléviseurs. Il y avait autant de gens assis par terre que plus tôt, à notre première visite.

— Les gens debout sont ceux qui peuvent aider. Alors faites le piquet et attendez que quelqu'un vienne vous voir.

— OK, donc je peux pas faire le tour de la salle pis faire un peu de trouble ?

J'ai souri à Claude et il a levé les yeux en l'air avant de s'en aller.

C'était étrange d'être là, debout, et de ne pas savoir ce que je devais faire si quelqu'un venait à moi. Au bout de dix minutes, j'ai vu un homme venir à ma rencontre. J'avais envie de lui dire qu'on avait le même coiffeur : il était aussi ébouriffé que moi. Mais je me suis tu. Il m'a tendu la main en disant :

— Salut, moi c'est Laurent.

Il avait une bonne bouille. Je lui ai serré la main.

— Will. J'vais être franc avec toi, j'ai aucune idée comment t'aider.

Il a ri.

— Moi je sais, c'est pas la première fois que je viens ici. C'est la place où y faut venir quand on veut exaucer la demande d'un être cher encore en bas, ou juste lui faire un signe quand il en demande un. Des fois, c'est pas possible, mais quand je peux, j'aime bien ça. On aime tous ça, en fait, ça nous garde un peu en vie de savoir qu'on pense encore à nous.

Laurent était différent de tous ceux que j'avais rencontrés depuis mon arrivée. Il y avait chez lui une sérénité qui le distinguait des autres, mais il avait quelque chose en plus que je n'arrivais pas à saisir.

— C'est cool… Et qui pense le plus à vous ?

— Tu peux me tutoyer. C'est ma fille, Fabienne. C'est une artiste…

Il a fait une pause. Il avait l'air triste ou mélancolique. Je n'avais pas vu ça chez les autres avant lui. Il a regardé ses souliers puis a passé ses mains sur sa chemise, même si elle n'avait pas un pli.

— La première fois qu'elle m'a demandé un signe, c'était dans un délai trop serré. Elle était en train de participer à une course. J'ai eu l'impression d'être coincé et de pas avoir de temps, mais on avait réussi. Donc, ton rôle, c'est de m'aider à bien acheminer mon signe. Au fond, c'est juste que t'as le pouvoir que ça se concrétise. Ils veulent pas qu'on exagère et qu'on passe tout notre temps ici...

Je ne voyais pas où était le problème de répondre aux signes de ceux à qui manquait un être cher. Laurent s'est assis sur un coussin et je l'ai imité.

— Est-ce que je peux te poser une question ?

— Ben oui.

— T'es mort comment ?

Il y a eu un silence et Laurent a regardé ailleurs. Le malaise était palpable, mais à sa réaction, j'étais trop curieux pour reculer et lui dire que ce n'était pas de mes affaires. On s'est regardés dans les yeux assez longtemps pour que je comprenne.

— OK... T'étais à boutte ?

— À boutte pis dans la marde. Mais pas autant que là : Fabienne veut que j'lui envoie une volée d'oiseaux pendant qu'elle marche au bord du fleuve. J'connais rien à ça, moi, les oiseaux !

J'ai ri en reprenant sa phrase.

— "À boutte pis dans la marde mais pas autant que là" ? On s'entend-tu que la comparaison est pas valable ? C'est quand même ben juste des oiseaux...

On a ri quelques secondes.

— J'sais ben... J'veux juste pas la décevoir. Elle vit un boutte rough en ce moment pis elle se demande si j'suis témoin de ça, d'ici.

— L'es-tu ?

— Pas toujours, mais oui, souvent. J'ai d'autres choses à faire et à voir, mais quand elle me demande de l'aide, j'suis là.

Il a piqué ma curiosité. C'était le premier à me dire qu'il y avait des choses intéressantes à faire en passant définitivement de l'autre côté.

— Et c'est quoi ces choses… ?

Il s'est levé et m'a dit :

— Ça, mon Will, tu le sauras quand ton temps va être arrivé.

Bon joueur, je me suis levé aussi.

— J'ai presque hâte.

Laurent s'est gratté la tête.

— Connais-tu ben ça, toi, les oiseaux ?

Il me demandait ça à moi, le gars de la ruelle. J'ai pris le temps de réfléchir et au loin, j'ai vu Jules. Je lui ai envoyé la main frénétiquement, souhaitant qu'il me voie. Il a coupé la parole à la dame qui lui parlait avant d'accourir. Je ne pouvais pas ne pas me mettre à genoux et lui ouvrir mes bras. Après notre accolade, je lui ai passé la main dans les cheveux.

— T'es à quel âge, là ?

Il était comme la première fois que je l'avais vu. Dans son pyjama à têtes de robots, il a ouvert la bouche en me montrant de nouveau le trou laissé par sa dent perdue et il a sauté sur place en me disant :

— Tu l'sais ! J'ai cinq ans !

Je me suis plaqué une main dans le front en faisant semblant que je ne m'en souvenais plus. Avant même que je lui demande où était son chien, Jules a claqué des doigts et Cornichon nous a rejoints en jappant. J'étais heureux de les voir, comme s'ils faisaient partie de ma vie depuis longtemps. J'avais la gorge nouée. J'ai pris quelques secondes pour me concentrer et arriver à parler sans craquer.

— Mais là, qu'est-ce que tu fais ici ?

Excité, il a allongé ses bras et s'est mis à battre l'air.

— Ma mère aimerait ça que je la visite en papillon !

Je me suis souvenu de sa réplique : « Ma mère passe son temps à me demander de lui envoyer des signes. J'me changerai pas en papillon pour aller me poser sur son épaule, oublie ça. »

J'avais envie de le taquiner, mais il n'était plus l'adolescent blasé qui avait prononcé ces paroles-là. Du coin de l'œil, j'ai vu Laurent qui regardait les écrans au mur. J'ai compris que c'était là qu'on pouvait voir les scènes en temps réel où le proche recevait le signe tant attendu. Avant de rejoindre Laurent, je me suis remis à genoux devant Jules :

— Tu sais quoi ? J'vais beaucoup m'ennuyer de toi quand je serai pus ici.

J'étais certain qu'il savait que je n'étais pas là pour longtemps, mais son regard s'est rempli de panique et il a pris mon visage entre ses mains.

— Tu vas t'en aller? Où? Qu'est-ce que j'vais faire, t'es comme mon papa ici!

J'ai jeté un coup d'œil à Laurent, qui avait tout entendu. J'étais décontenancé. Ma tête était soudainement vide et je n'arrivais pas à trouver des mots assez crédibles et assez forts pour rassurer le petit. Laurent s'est mis lui aussi à genoux à côté de moi.

— Aimes-tu ça jardiner, toi?

Jules a souri en tapant dans ses mains.

— Oui! Ma maman fait pousser des tomates sur le balcon et elle est toujours fâchée parce que les ratons les mangent!

Il cachait son rire dans ses mains. Laurent a fait un air faussement fâché.

— Ah non! Pas les ratons! Sont tannants, eux, hein! Si tu veux m'aider, moi j'ai tout un jardin de tulipes. Y en a plein, plein, plein.

— Dix mille cent quarante mille?

Laurent a ri et a répondu lentement, en détachant chaque syllabe:

— Plus, que, ça.

Les yeux de Jules se sont agrandis.

— J'suis content de te rencontrer, Jules, j'avais justement besoin de quelqu'un pour m'aider. Ça te tente-tu? Pis on peut même faire pousser des tomates si tu veux. Pis des concombres. Pis des chats. Pis des bonbons… On peut toute faire pousser ici.

Jules a vite hoché la tête en riant et les deux se sont tapé dans la main. Le marché était conclu. Le petit avait oublié que je partirais bientôt, mais pas moi. Je m'étais attaché à lui dès notre première rencontre. Il est reparti en trottinant vers celle qui l'attendait pour l'aider à rendre visite à sa mère. Je l'ai regardé s'éloigner, le cœur aussi serré que lorsqu'il avait disparu au fond du corridor. On s'est relevés et j'ai remercié Laurent d'être venu à mon secours.

— As-tu des enfants?

— Non.

— C'est dans tes plans?

— Bof...

Je voyais qu'il était ouvert à ce que je me confie, mais ç'aurait été long, puis il m'aurait probablement dit que mes réserves sur la paternité étaient ridicules. Il a plutôt mis sa main sur mon épaule en me disant:

— Si c'est parce que t'en veux pas, c'est ben correct. Mais si c'est parce que t'as peur de pas être prêt, attends pas. T'as raison: on n'est jamais prêt pour autant de bonheur.

Si j'avais été avec David et Christophe et que j'avais entendu une telle phrase, j'aurais répété, en les tournant en dérision, ces neuf mots qui frisaient l'apogée du quétaine: «On n'est jamais prêt pour autant de bonheur.» Le genre de citation qui se retrouve sur la première page d'un magazine en haut d'un couple qui se regarde les yeux dans les yeux. Mais là j'étais seul, entre la vie et la mort, et je n'avais pas envie de rire. Venant d'un père qui s'était enlevé la vie, la phrase ne manquait pas d'ironie, mais l'expression de son visage disait tout. C'était sincère. Et beau.

Comme d'habitude, j'ai changé de sujet pour m'assurer que mon cœur reste bien emballé et à sa place. En me tapant dans les mains, j'ai dit :

— Bon ! J'ai entendu dire qu'y a une Fabienne qui attend une cargaison d'oiseaux !

Laurent m'a regardé en souriant.

— On y va-tu avec des mouettes ?

Le bon moment

Rivés devant le mur d'écrans, on a vu Fabienne marcher au bord de l'eau avec deux chiens. J'ai dit à Laurent qu'elle était belle. Il m'a souri, fier. Il aurait pu faire partie de la volée de mouettes, mais il avait refusé, disant qu'il était plus du genre *Jonathan Livingston le goéland*.

— Si vous m'envoyez là-bas, j'serais le genre à pas vouloir revenir. Voler toujours plus vite, toujours plus haut. Transgresser les interdits…

On était absorbés à regarder chaque petit geste de Fabienne. On avait tout ce qu'il fallait pour envoyer le signe, mais si elle ne regardait pas dans la bonne direction au bon moment, c'était foutu. J'ai compris que c'était moins facile que ça en avait l'air et que l'aide que j'apportais était concrète : on n'était pas trop de deux pour décider du moment propice à l'envoi des oiseaux. À l'instant où j'ai cru que tout était parfait, un de ses chiens a décampé vers le fleuve. Laurent a sacré :

— Câlisse… Ça marchera jamais.

Je suis resté silencieux. Au contraire, les conditions devenaient de plus en plus parfaites. Fabienne est entrée dans l'eau pour empêcher son chien de s'aventurer plus loin dans le fleuve, et plus il nageait, plus elle avançait dans l'eau. Tout d'un coup, le chien a fait demi-tour. J'ai crié.

— Là ! C'est le moment, *now* !

Et par je ne sais quelle magie que je devrais demander à Claude de m'expliquer, une centaine de mouettes sont passées au-dessus d'elle. Laurent m'a empoigné l'épaule. C'était une vision extraordinaire. Fabienne, dans le fleuve, l'eau à mi-mollets, suivait des yeux les oiseaux qu'elle avait commandés. Laurent a soufflé tout bas :

— J'suis là, Fab…

« C'est quoi la bullshit ? »

Je ne sais plus combien de fois Laurent m'a remercié de l'avoir aidé. Avant de partir, il m'a promis de bien s'occuper de Jules. Là, c'est moi qui ne savais plus comment lui témoigner ma reconnaissance. On s'est dit au revoir et il est sorti de la salle, visiblement heureux d'avoir réalisé le rêve de sa fille. J'étais content d'avoir pu y contribuer.

Des yeux, j'ai cherché Claude. Il bavardait avec un autre homme et m'a fait signe qu'il me rejoindrait dans quelques instants. J'ai tourné le dos au mur d'écrans pour retourner au milieu de la salle. Plusieurs personnes se tenaient là, comme moi, en attendant d'aider quelqu'un. C'est là que je l'ai vu et que je n'ai pas pu m'empêcher de rire. Intrigué, l'inconnu s'est approché de moi. Claude est arrivé au même moment. Je lui ai désigné l'homme devant moi :

— C'est mon clone que vous avez vieilli ?

Et j'ai arrêté de rire aussi brusquement que j'avais commencé, comprenant que c'était *lui*. Les mêmes yeux, le même nez et, surtout, les mêmes cheveux que moi, bruns et frisés. L'âge lui en avait fait perdre un peu, mais j'étais capable de l'imaginer plus jeune, avec une botte de foin sur la tête. J'étais manifestement devant l'agresseur de Suzie. Mon géniteur, celui dont on m'avait toujours dit que j'avais les mêmes traits que lui. Je comprenais maintenant pourquoi je ne l'avais jamais croisé nulle part : il était mort. Contrairement à moi, paniqué et faisant de mon mieux pour le cacher, lui semblait fasciné et examinait mes traits avec curiosité. Une boule de feu est montée dans ma gorge et j'ai hurlé :

— Mon tabarnak de crosseur !

J'aurais voulu me ruer sur lui pour l'anéantir. Je l'aurais roué de coups jusqu'à tant qu'il crève encore et encore, autant de fois qu'il nous avait empoisonné la vie, à Suzie et moi. Claude s'est interposé entre l'homme et moi.

— Mais calmez-vous, Will ! C'est quoi cette façon d'aborder les gens !

Je me suis penché pour voir l'homme caché derrière l'épaule de Claude. Il me regardait encore, sans oser dire un mot. La peur se lisait sur son visage et le temps d'une seconde, j'ai douté. Je sais reconnaître les vrais gentils et c'était ce que le visage de cet homme reflétait. J'ai pris ma tête entre mes mains. J'avais espéré depuis si longtemps cette rencontre pour qu'il paye enfin pour tout le mal qu'il m'avait fait, et maintenant que mon vœu était exaucé, j'étais complètement démuni. Près de mon oreille, j'ai entendu :

— J'voulais juste que tu m'aides à faire un signe à Sacha...

J'ai lentement enlevé mes mains de mon visage et je me suis relevé. Claude était toujours là, mais il en avait profité pour changer de vêtements. Son accoutrement – pantalon foncé, chandail rayé noir et blanc et sifflet au cou – m'a fait lever les yeux en l'air. Il a aussitôt dit :

— Quoi ? Vous semblez avoir besoin d'un arbitre, Will...

J'ai failli sourire, mais j'étais trop ébranlé. J'ai regardé l'inconnu qui attendait une réponse de ma part.

— C'est qui, ça, Sacha ?

Je n'arrivais pas à me calmer. Tout s'est mis à aller vite dans ma tête. Sacha. Si j'en avais connu un, je m'en serais souvenu.

— Répondez ! C'est quoi la bullshit, j'connais pas de Sacha !

Comme s'il avait voulu me laisser quelques secondes de plus pour comprendre, il a attendu encore un peu avant de me dire :

— Tu l'appelles Minou.

Tout allait trop vite. J'avais devant moi celui que je croyais être l'agresseur de ma mère et avec qui je partageais les mêmes traits. Et ce monstre serait le père de Minou ?

Ma bouche s'est ouverte et quand j'ai réussi à articuler, j'ai laissé échapper un :

— Tabarnak...

Mon carnet

4 juin 2017

Je pense que je suis en train de devenir fou. Depuis quelques jours, on dirait que je vois Didier Lapointe partout. Au café, à l'épicerie, en allant chez Christophe. J'aurais juré que c'était le gars dans l'auto derrière moi, au feu rouge. Là, ce soir, je suis certain de l'avoir vu près de l'appartement. J'ai demandé à Minou et Chaton s'ils l'avaient vu récemment dans le coin, mais non. Et je les crois, ces deux-là sont plus fiables que des caméras de surveillance. Il y en a toujours un des deux qui reste dans la ruelle pour guetter la shed puisqu'ils quêtent chacun leur tour sur la rue Bérénice. Ce n'est pas que j'aie peur pour ma peau, mais ça m'inquiéterait de savoir que Didier Lapointe rôde autour de chez Tito et Suzie.

Je suis peut-être plus anxieux ces temps-ci. J'ai cette étrange impression que je n'ai rien fait de ma vie jusqu'ici et je ressens cette pression de me dépêcher comme si j'avais une épée de Damoclès au-dessus de la tête. J'essaie de me raisonner, mais j'ai cette pensée récurrente qui est plus forte que moi : je vais mourir bientôt.

Tu peux rire. J'en ai parlé à Christophe et c'est ce qu'il a fait. C'est clair que c'est ridicule. Je n'ai aucun don prémonitoire et je ne crois pas à ça non plus, mais je ne peux pas expliquer cette sensation que j'ai. En tout cas, si je crève bientôt, tu auras mon carnet pour leur prouver que j'avais raison.

Des mots comme des balles de revolver

J'ai regardé Claude et je l'ai supplié d'aller chercher Suzie et Tito. Si mes précédentes demandes avaient été rejetées, cette fois j'ai été entendu. L'homme était encore debout devant moi, l'air toujours aussi traumatisé. J'ai tué le silence en lui disant :

— J'me suis toujours fait dire que j'ressemblais au violeur de ma mère, mais j'pensais jamais autant.

Il a froncé les sourcils.

— Qu'est-ce que tu dis ?

Au même moment, Suzie et Tito sont entrées dans la salle. J'aurais voulu courir me jeter dans leurs bras, mais j'étais trop sous le choc pour bouger. Accompagnées de Claude, elles se sont approchées de nous et c'est là qu'elles ont remarqué la présence du vieil homme. Et contre toute attente, elles étaient heureuses de le retrouver.

— Wilfred ! Qu'est-ce que vous faites ici ?

Déjà, que Suzie le vouvoie, c'était quelque chose de singulier. Quand je l'ai vue s'approcher pour lui faire la bise, j'ai dû me mettre en petit bonhomme pour reprendre mes esprits. Tito m'a imité.

— Heille, mon pitou, j'suis désolée que ça se passe comme ça…

— J'comprends rien ! C'est ben lui ? J'lui ressemble comme deux gouttes d'eau ! C'est lui, Tito ?

Elle s'est relevée et a dit à Suzie :

— J'pense que t'as pus le choix, là.

Suzie avait le regard perdu dans le néant. Claude m'a fait signe d'aller le voir.

— Je pense que vous devriez aller parler dans le bureau, qu'en pensez-vous ?

J'ai hoché la tête. Le décor a instantanément changé et j'étais assis devant elles. Je ne savais pas par où commencer et surtout quoi dire. Suzie s'est raclé la gorge :

— C'est pas facile qu'est-ce que j'vais te dire, OK ? D'avance, j'veux que tu saches que ça m'a changée de venir ici. Je sais pas qu'est-ce que t'as fait, mais nous, on s'occupait des nouveaux arrivés.

J'ai eu un mouvement de recul.

— Vous étiez au tri ?

— Non. On était dans une sorte de café et on jumelait les nouveaux venus avec des anciens. C'était comme des retrouvailles.

J'aurais eu mille questions à poser sur leur mandat, mais elles pouvaient attendre. Je voulais comprendre qui était ce Wilfred.

— C'est qui, ce gars-là ?

— C'est Wilfred.

J'ai attendu la suite, qui ne venait pas.

— OK, et... ? C'est qui, Wilfred ?

Tito m'a fait signe de me calmer. Suzie a continué :

— Je l'ai rencontré quand je travaillais au casse-croûte. Un moment donné, il est venu dîner avec son fils, avec qui j'suis tombée en amour.

C'était comme si j'écoutais une série, mais au ralenti. J'aurais aimé avoir un bouton pour accélérer et me rendre au punch.

— Esti, j'comprends rien.

Suzie a soupiré. Tito m'a jeté un regard en oblique et j'ai compris que je devais être patient pour mettre en place toutes les pièces du casse-tête.

— On faisait un beau couple. Mais j'pouvais pas lui donner ce qu'y voulait de moi.

— Et c'est Wilfred, le père de Minou, qui t'a agressée ?

Elle a éclaté de rire. Je l'aurais réduite en petits morceaux.

— Ben non, franchement ! Saute pas aux conclusions de même !

J'ai regardé Tito pour me calmer.

— OK, on va arrêter de jouer aux cons, là... Pourquoi j'ai la même face que cet homme-là ? C'est-tu assez clair comme question ?

— Parce que t'es le fils de Minou, pis que tu ressembles à ton grand-père ! C'est quand même pas compliqué !

J'ai failli tomber en bas de ma chaise. Je sentais mon corps tanguer.

— Pis c'est quoi l'histoire de l'agression ? C'est pas… vrai ?

Vexée, elle a hurlé en me pointant :

— Heille, toé ! Dis jamais ça à une femme ! Oui, c'est vrai ! J'ai été agressée avant de tomber enceinte de toé !

Tito a renchéri :

— Ta mère a découvert qu'elle était enceinte de toi à cinq mois. C'était trop tard pour avorter.

J'ai fait semblant d'être touché.

— Heille ! Merci de me dire ça ! Ça me console beaucoup.

— Tu veux parler ? On parle, là.

Tito a continué :

— Elle a laissé Minou et lui a dit qu'elle voulait pus jamais le revoir.

J'ai regardé Suzie qui me fixait. J'aurais pu la détruire en quelques mots et elle le savait. Je lui ai juste servi ma face la plus bête avant de faire signe à Tito de poursuivre.

— Un matin, Minou est venu à l'appartement nous dire qu'il allait pas nous faire de trouble à condition qu'on lui laisse le droit de te voir et de te connaître. Y a décidé de prendre le vieux hangar de la ruelle avec son frère. C'est de là que vient le nom de la ruelle des Vieux Chats, à cause de son prénom : Sacha. Y faut savoir que Chaton, c'est le frère de Minou…

Mon cœur n'avait jamais battu aussi fort et pourtant, je n'étais pas tout à fait vivant. Plusieurs choses, et même l'essentiel, m'échappaient encore dans cette histoire.

— J'veux juste savoir pourquoi vous m'avez fait croire que j'avais été fait de c'te façon-là ! Voyons, criss ! Un viol !

Suzie a crié :

— Parce que j'devais trouver une raison pour te faire comprendre que j'te voulais pas ! J'voulais pas être une mère pis j'voulais pas être ta mère ! J't'aimais pas pis j'voulais pas que tu m'aimes non plus ! C'est la seule chose que j'ai trouvé à te dire pour que tu comprennes !

Les mots de Suzie étaient comme des balles de revolver qui m'atteignaient directement dans l'abdomen et j'ai eu l'impression de reculer sous l'impact de chaque mot. J'ai regardé Tito :

— Pis toi tu t'es dit que c'était une criss de bonne idée d'embarquer dans c'te mensonge-là ?

Au même moment, Claude est arrivé avec Wilfred qui s'est approché de moi. Ses yeux étaient doux, et ses pattes d'oie lui donnaient un air espiègle.

Je n'étais pas en état d'entendre d'autres révélations chocs et j'ai eu peur d'apprendre une nouvelle primeur.

— J'ai jamais fait de mal à ta mère, Will. Au contraire, j'ai souvent voulu l'aider pendant sa grossesse, mais elle m'a fait comprendre de me tenir loin. J'suis mort pas longtemps après ta naissance, mais j'suis mort heureux de savoir que tu t'appelais Will, mon diminutif. J'me souviendrai toujours quand ton père est venu me voir. J'étais hospitalisé deux étages plus bas que celui où t'es né et il avait couru me dire que t'étais enfin là pis que tu me ressemblais. Je l'avais dit à toutes les infirmières.

Je lui ai coupé la parole:

— Donc, c'est Minou qui m'a pris dans ses bras après que l'infirmière m'a emmailloté?

Suzie et Tito se sont regardées, incrédules. Wilfred a répondu à leur place:

— C'est ben lui. Y était tellement content d'être le premier à te prendre...

— Pourquoi c'est un itinérant?

Wilfred a souri.

— Sacha avait son appartement quand il a connu ta mère, c'était pas un itinérant pantoute. Mon autre fils, oui, par contre.

Tito a poursuivi:

— C'est par choix que Sacha a décidé de se rapprocher et de vivre tout près de toi. Au début, il a continué à travailler. Il revenait chez lui se laver et il allait au hangar après souper. C'était le meilleur endroit pour te connaître, Will : t'étais toujours dans la ruelle. J'pense que tout a basculé quand il a commencé à consommer avec son frère. C'est pas longtemps après qu'il a perdu sa job pis son logement. Pis la shed est devenue leur maison.

J'ai fait un signe de tête pour montrer que je comprenais. Mais pas tout encore.

— Tito, t'as pas répondu à ma question, tantôt. Pourquoi t'as embarqué dans c'te mensonge-là ? Tu m'as appris à tirer à la carabine en me disant que j'aurais eu une autre face si t'avais appris à Suzie comment tirer ! Penses-y ! Mon père était dans la ruelle à se geler le cul dans une shed pourrie et tu continuais à me faire croire que mon géniteur était un violeur ?

— T'en voulais pas, de la carabine ! J'ai juste trouvé une bonne raison de t'faire changer d'idée ! On se le cachera pas, les gens qui venaient chez nous étaient pas tous des enfants de chœur. La preuve : c'est aussi moi qui t'avais convaincu de mettre un couteau en dessous de ton oreiller. Pis ça t'a-tu servi ? Oui ! Ça t'a sûrement sauvé !

Je suis revenu à Suzie.

— C'est qui, ton agresseur ? J'le connais, c'est certain.

— T'as pas besoin de savoir ça.

J'ai répété ma question sur le même ton monocorde :

— C'est qui, ton agresseur ?

— Je l'avais jamais revu jusqu'au soir qu'y est arrivé dans un party pis que j'étais trop en manque pour lui dire de partir. Parce que c'était un dealer.

— Esti. Didier Lapointe.

Tito a acquiescé.

J'avais mal à ma mère. J'aurais voulu effacer ce qu'elle avait vécu, j'aurais voulu que Claude puisse lui enlever ce bout de mémoire-là. Je me suis levé pour la prendre dans mes bras, mais elle a reculé.

C'était une scène débile qu'on était en train de vivre. Wilfred regardait par la fenêtre, Tito pleurait, assise à la table, Suzie faisait les cent pas en se grattant la tête et Claude était debout dans le cadre de porte.

— Pis comment ça qu'y s'est ramassé chez nous un samedi matin pour vous tuer ?

Suzie allait répondre, mais c'est Tito qui a été plus rapide :

— Didier, c'est le seul dealer qui livre aussi rapidement. Ta mère l'appelle, on se tourne de bord pis y est là. J'étais couchée et je les ai entendus se chicaner parce qu'on lui doit beaucoup d'argent. Quand j'suis arrivée dans la cuisine, Didier disait à Suzie d'arrêter de crier sinon qu'y lui fermerait la gueule pour toujours.

Elle a fait une pause.

— Et ?

— Et il a sorti son revolver et nous a menacées de tirer si on le remboursait pas tout de suite. Je lui ai dit que j'avais d'l'argent dans ma sacoche, mais j'ai été dans ton ancienne chambre pour t'appeler pis j'ai pris ta carabine dans la garde-robe. Il m'a sûrement vue de la cuisine et il m'a tiré dans le dos. J'ai entendu un autre coup de feu pis j'me suis traînée jusqu'à Suzie, qui était par terre. J'ai juste eu le temps de me relever et de m'appuyer sur la table que je me suis sentie partir. La dernière chose que j'ai vue, c'est Didier qui s'enfuyait par la porte patio.

Je leur ai dit :

— Vous saviez que ce gars-là était un débile, qu'il a ruiné ta vie, qu'il a aussi essayé de m'agresser, pis vous avez continué de l'appeler pour lui acheter sa dope ? Ça servait à quoi, Tito, tes speechs sur le féminisme ? C'était juste pour bien paraître ? Pour montrer que t'avais d'la *drive* dans' ruelle ? Que t'aurais été une bonne comédienne ?

Piquée au vif, elle s'est mordu la lèvre en s'approchant de moi. Je savais qu'elle allait me frapper. Mais je savais aussi qu'ici je ne ressentirais aucune douleur.

Accoté sur le rebord de la fenêtre, Wilfred a dit :

— Faut pas leur en vouloir. La responsable, c'est la drogue.

En l'entendant, Tito s'est figée. J'avais mal au cœur. J'aurais voulu oublier tout ce que je venais de savoir, quitte à encore croire au mensonge. La vérité était plus cruelle. J'ai demandé à Claude :

— Est-ce que j'vais me souvenir de tout ça quand j'vais retourner à ma vie ?

Il m'a fait un sourire navré.

— Justement, nous devons parler de votre retour.

Je lui ai fait signe que ça pouvait attendre, mais il a ajouté :

— Maintenant. Nous devons en parler maintenant, Will.

Les beautés

Wilfred devait partir. J'ai ouvert mes bras et il a fait la même chose. On s'est serrés longtemps. Ça me faisait étrange de penser que j'avais un vrai lien avec lui.

— C'est pas facile mon grand, hein ? Mais moi, j'suis ben fier de toi et j'sais que mon gars aussi. J'peux-tu te demander quelque chose avant que je parte ?

— Ben oui…

Je m'attendais à ce qu'il me demande d'envoyer un signe à Minou et Chaton, mais non. Il a dit tout bas :

— Peux-tu m'appeler grand-père ? Juste une fois. On m'a jamais appelé comme ça.

J'avais les yeux pleins d'eau. J'ai parlé fort pour que Suzie, Tito et Claude nous regardent :

— Heille ! Cette criss de belle face-là, c'est mon grand-père. Pis pour la première fois de ma vie, j'me trouve beau. Pis j'suis fier de lui ressembler.

Changement de plan

On a salué Wilfred, puis on l'a regardé s'éloigner jusqu'à ce qu'il disparaisse au bout du corridor. Le bureau s'était transformé en un restaurant sympathique où le menu était affiché sur des ardoises fixées aux murs. Claude nous a invités à nous asseoir à une table.

J'ai commandé un hamburger extra cornichons et une orangeade avec un petit parasol sur le bord de mon verre. Suzie, elle, a demandé un spaghetti aux boulettes de viande et Tito, un smoked meat, en précisant au serveur « avec extra moutarde, j'aime ben ça, la moutarde ». La présence du serveur était accessoire, car nos assiettes sont apparues devant nous à la seconde même. Claude, lui, a pris un café avec de la crème fouettée sur le dessus.

Mes trois compagnons discutaient de tout et de rien pendant que je mangeais en silence, toujours sous le choc. Je n'arrivais pas à assimiler le fait que Minou était mon père et qu'il avait gâché sa vie pour être témoin de la mienne. Toutes ces années-là, mon père ne vivait qu'à quelques mètres de chez nous. J'avais juste hâte de le retrouver et de lui sauter dans les bras. J'aurais aimé lui dire que c'était fini, l'ère du vieux hangar dans la ruelle, et que Chaton et lui viendraient habiter chez moi. Claude n'avait pas encore répondu à ma question : est-ce que je me souviendrais de ce qui s'était passé ici ?

Je regardais Suzie. Je ne l'avais jamais vue aussi belle et en santé : ses cheveux brillaient, ses lèvres étaient roses, elle avait de belles épaules rondes. Je l'avais toujours connue très maigre, les joues creuses et les dents grises. J'allais lui dire que la mort nous allait quand même bien, mais Claude a été plus rapide que moi et il a dit :

— Will, vous vous souvenez que je vous ai dit plusieurs fois que vous ne décidiez de rien ici ?

J'ai déposé mon hamburger et j'ai pensé à David. Comme moi, il aurait tout de suite flairé l'introduction à une catastrophe annoncée. Encore.

— Oui...

— Voilà. Les plans ont changé.

Tito et Suzie parlaient ensemble et ne participaient pas à notre conversation.

— Ce qui veut dire... ?

— Que vous ne pouvez pas repartir tous les trois. Il n'y a que deux places disponibles.

J'ai ri fort.

— Arrêtez, j'commence à vous connaître, j'le sais que c'est une joke.

Il a déposé son café avant de répondre :

— Malheureusement, non. Vous devez choisir qui, de votre mère ou de votre grand-mère, sera à vos côtés pour le retour.

Suzie et Tito ont arrêté de parler. Elles avaient entendu. J'ai frappé sur la table.

— C'était pas ça, le deal !

— Vous êtes quatre à avoir été en mort imminente. Vous avez retourné Minou, vous allez vous sauver aussi, il ne reste donc qu'une place. Estimez-vous chanceux : ils vous laissent choisir.

— Ben oui, criss ! Une sacrée chance, hein, mon Claude !

Suzie s'est jetée à mes pieds en me suppliant de la choisir. Elle se confondait en excuses et me disait qu'elle n'avait pas fini de vivre et qu'à son retour, elle allait changer. J'avais toutes les raisons de lui en vouloir. Je l'entendais insister sur le fait qu'elle serait une nouvelle femme et qu'on aurait une deuxième chance de se connaître.

Une belle proposition qui arrivait trop tard. J'imaginais ma vie sans elle et ce scénario m'apparaissait plausible. Et en y pensant, une partie de moi était même soulagée à cette idée, que j'avais confiée à Lou durant notre nuit au chalet. Quand je travaillais, j'avais toujours deux craintes : celle que Suzie vienne encore me quêter de l'argent au café, et celle de la découvrir à la une du journal. Elle avait un don pour se frotter aux rapaces en se faisant embarquer dans leurs histoires. La honte m'était lourde à porter, mais l'inquiétude que j'avais toujours pour elle était encore pire.

J'ai regardé Tito. Je lui en voulais de m'avoir menti. Mais elle m'avait quand même tout appris. Maladroitement, peut-être, mais c'était grâce à elle que j'étais devenu un homme. Elle m'a souri.

— C'est beau. J'ai choisi.

J'ai vu dans l'œil de Claude qu'il n'était pas d'accord avec ma décision, même si je ne l'avais pas encore annoncée.

— C'est moi qui reste. Suzie et Tito, vous retournez à votre vie.

Malgré tout – leur mensonge, leurs dépendances, leurs défauts, leurs histoires –, elles étaient les femmes de ma vie et je les aimais. Ce droit de vie et de mort sur les gens, c'était trop de pouvoir pour un simple gars comme moi.

Tito s'est levée en s'écriant « Non, Will ! C'est moi la plus vieille, laisse-moi ici, toi retourne ! » tandis que Suzie est restée immobile, trop secouée par ma décision pour réagir. J'ai fermé les yeux, souhaitant qu'elles disparaissent au plus vite. J'étais en paix. Je me consolais à la pensée que je les retrouverais ici un jour.

Quand j'ai rouvert les yeux, elles étaient parties. J'ai pensé à Lou et j'étais triste de l'imaginer en deuil. Et je me suis dit que j'irais la voir tous les soirs en rêve. Je ne lui laissais rien, sauf mon carnet. Et plein de souvenirs. J'avais donc raison, en juin dernier, quand je sentais ma mort arriver.

Le retour des oies blanches

— Claude ?

— Hum ?

Le pauvre semblait dépassé par les événements.

— Vous vous souvenez quand vous m'aviez dit que les oies blanches étaient les âmes qui partent et qui reviennent ?

— Oui.

— J'veux pas manquer l'envol de ma mère et de ma grand-mère. On dirait que maintenant ça me tente de croire à cette marde-là.

Il a souri.

— C'est vrai qu'autant d'oies, c'est salissant…

« Oh, bon sang, Will... »

Accotés sur le rebord de la fenêtre, Claude et moi avons regardé partir des centaines d'oiseaux. J'avais la gorge nouée à la pensée que j'aurais pu faire partie du lot.

— Est-ce que j'suis officiellement mort, là ?

— Non. Je ne les ai pas encore avertis.

— Qui ?

— Eux.

— Eux ?

— N'essayez pas de tout comprendre, Will.

Je me suis retourné vers la porte et une dizaine de lucioles sont entrées dans le bureau. Je m'attendais à ce qu'elles nous fassent un spectacle semblable à celui que j'avais déjà vu, mais non. Elles ont virevolté ensemble quelques secondes, puis l'une d'elles s'est détachée du groupe. Elle fonçait sur moi et j'ai dû mettre mes mains devant mon visage pour me protéger. Claude a laissé échapper un :

— Oh, bon sang, Will...

Je ne comprenais pas. La luciole s'est mise à tournoyer autour de ma tête. J'ai regardé Claude en levant les bras en l'air.

— C'est quoi, ça ?

— Vous le savez. C'est un nouveau petit arrivant qui vient retrouver son parent.

J'étais là, immobile, les yeux ronds. La seule femme avec qui je couchais depuis des mois, c'était Lou.

— Est-ce qu'ils arrivent ici en temps réel ?

— Oui.

— Montrez-moi ma projection.

Ma projection

Dans la ruelle, Lou est encore à mes côtés.

Les voisins sont maintenant tout autour. Plusieurs disent qu'il faut rappeler le 911. Lou enlève son manteau, le plie en deux et le dépose sous ma tête. Une femme lui crie de ne pas me bouger. J'entends les sirènes de l'ambulance. Christophe est blanc comme un drap. S'il se couchait à terre, on croirait à un autre cadavre. Lou se lève soudainement et regarde entre ses jambes. Ses jeans sont remplis de sang. Elle bascule vers l'avant et s'évanouit.

« Arrêtez de faire le con. »

— Claude ?

— Oui ?

— Pensez-vous qu'elle va être OK ?

— Je l'espère.

Il s'est approché et m'a pris dans ses bras en me donnant une grande claque dans le dos.

— Venez, je dois vous montrer quelque chose.

On a marché longtemps. Ma petite étincelle me suivait, tout près de mon épaule. On a fini par aboutir devant une porte que Claude a cérémonieusement ouverte, et tout de suite ont retenti des applaudissements. Ça m'a pris un temps pour réaliser qu'il s'agissait d'une petite réception pour me souhaiter officiellement la bienvenue. On m'a fait asseoir sur une chaise en me disant de profiter du moment. Je reconnaissais beaucoup de visages. Chloé Fiset a été la première à s'approcher. Elle était magnifique.

— J'veux juste te dire merci de m'avoir donné le choix de ma décision. J'ai plein de choses à faire ici. J'm'ennuie pas du bunker, mettons…

J'ai souri en ouvrant les bras et je l'ai serrée fort. Laurent s'est ensuite avancé.

— Moi aussi, j'veux te dire merci. J'suis certain que ma Fabienne est encore sous le charme de l'expérience qu'elle a eue avec les oiseaux.

— C'était un travail d'équipe...

On s'est tapé dans la main et il est parti plus loin parler avec Claude. J'étais mal à l'aise d'être le centre de l'attention. Charlotte s'est approchée timidement.

— Merci, Will. C'était cool d'éclater en mille oiseaux sur la chanson de La Compagnie créole.

— Heille, c'est à moi de te dire bravo. Ta grande finale avec le corbeau et la chanson de Plastic Bertrand, c'était parfait. Tu connaissais cette chanson-là?

— Oui, c'est la préférée de mon père...

Je lui ai aussi ouvert les bras et je l'ai serrée comme j'aurais voulu le faire quand je l'avais rencontrée. J'espérais qu'elle ressente tout ce que je voulais lui transmettre: ma compassion, ma sympathie, ma tristesse de penser qu'elle était trop jeune pour être avec nous. Et puis ç'a été au tour du petit Jules qui est accouru pour s'asseoir sur une de mes cuisses tandis que Cornichon a sauté sur l'autre. Le petit avait un drôle d'air.

— Heille! Qu'est-ce que t'as, bonhomme?

— Laurent m'a dit de pas être triste, mais j'suis triste quand même.

Ses joues étaient rouges.

— Pourquoi ?

— Parce que tu t'en vas.

J'ai souri en lui passant une main dans les cheveux.

— Ben non, Jules. J'm'en vais pus, là. J'vais pouvoir aller vous aider à faire pousser plein de choses dans votre jardin !

J'essayais d'avoir l'air heureux. Il a fait non de la tête.

— Tu t'en vas.

J'ai approché ma tête de la sienne et j'ai dit doucement :

— Heille. J'ai changé d'idée, j'reste ici avec toi.

Claude s'est approché de nous.

— Le petit a raison. On vous retourne, votre place n'est pas encore ici, Will. Ne me posez pas de question, ne me demandez rien. Je vous l'ai répété souvent : n'essayez pas de comprendre. J'ai passé un bon moment avec vous. Vous avez le sens de l'humour, vous êtes intelligent et attachant. Je vais peut-être même m'ennuyer de vos mauvais coups et de vos sacres. Ne vous inquiétez pas, nous allons prendre soin de votre petite lumière et de Jules jusqu'à votre retour. Vous êtes un garçon extraordinaire. Merci de votre passage ici.

Claude s'est tu un moment. J'aurais aimé dire quelque chose, mais j'étais trop sonné pour même penser. Claude a souri, mais le ton de sa voix était ferme :

— Maintenant, arrêtez de faire le con et allez rejoindre cette fille.